FLURIN JECKER

LANZ

Roman

Nagel & Kimche

Der Verlag dankt

Kultur
Stadt Bern

und

SWISSLOS
Kultur Kanton Bern

und

Burgergemeinde
Bern

für die freundliche Unterstützung

3 4 5 6 21 20 19 18 17

Herstellung: Rainald Schwarz
Satz: Satz für Satz
Druck und Bindung: Friedrich Pustet
ISBN 978-3-312-01022-6
Printed in Germany

FSC
www.fsc.org
MIX
Papier aus verantwortungsvollen Quellen
FSC® C014889

PER PIA

MONTAG

ICH WOLLTE LYNN
UND KEINEN SCHEISS BLOG

Als ich da heute zur Tür reinkam, konnte ich gar nicht glauben, wie dumm ich bin. Oder alles ist. Gilgen kam auf mich zu, streckte mir die Hand hin und sagte: «Schau da, der Lanz! Dann sind wir ja alle.» Ich hatte nicht geschaut, wer dieses Projekt gibt, weil ich wusste, dass Lynn es genommen hatte. Und Gilgen fragte sich sicher, warum ich ausgerechnet seines hatte ankreuzeln müssen, weil wir uns schon normal jeden Tag sahen. Aber darum ging es jetzt nicht. Sondern darum, dass Lynn gar nicht da war, nur Lars aus der Neunten, Dani aus der Siebten und der Ork und ein Zwillingsmädchen aus der Parallelklasse. Sie hockten alle auf ihren Drehstühlen und warteten auf mich. «Guten Morgen!», sagte Gilgen und stand auf die Zehenspitzen, was er immer macht, weil er so klein ist. «Willkommen zum Projekt ICH SCHREIBE EINEN BLOG.» Ich musste an Andi denken, der mir gesagt hatte, dass Lynn auch da sein werde, weil er weiss, dass ich etwas von ihr will. Und vielleicht fragt auch ihr euch jetzt, wie dumm ich war, dass ich nicht merkte, dass er mich verarschte. Aber Lynn könnte halt locker

Miss Schweiz werden. Und bei mir ist es halt so, dass ich zwar ab und zu mit einer schreibe, sie mir aber nur zurückschreibt, wenn sie hässlich ist. Vor allem hatte ich noch nie eine Freundin, ausser zwei Wochen lang in der Dritten. Bei ihr glaube ich aber wirklich, dass es gehen könnte, auch wenn ich sie nur vom Pausenplatz von weitem kenne. Weil sie nämlich einmal so verliebt zu mir schaute, als ich sie anstarrte, die ganze Zeit.

«Es ist wichtig, dass ihr diese Woche schreibt, schreibt und nochmals schreibt», sagte Gilgen, als ich wieder zuhörte. «Und wenn ihr mal vor dem Bildschirm hockt und euch nichts in den Sinn kommt, dann meldet euch einfach, dass ich euch unter die Arme greifen kann.» Dann sagte er hundertmal, dass wir uns ein Thema überlegen sollten. «Ohne Thema funktioniert das nicht. Da schwimmt ihr herum wie eine besoffene Ente auf dem Meer.» Er fand das lustig. Die anderen schwiegen. «Vergesst nicht, dass ihr veröffentlichen dürft, was ihr wollt. Die Idee ist natürlich, dass man eure Blogs lesen kann. Es wird aber niemand dazu gezwungen. Bevor ihr etwas raufladet, kommt aber bitte zuerst zu mir, dass ich kurz drüberschauen kann.» Und bis er uns jede Funktion der Blogseite erklärt und uns hundert Blogs gezeigt hatte, nach denen wir uns richten sollten, war Mittag.

ALLES, WAS DA LEGT MIT SEGEN

«Alle Augen warten auf dich, o Herr. Du gibst uns Speise zur rechten Zeit. Du tust deine milde Hand auf. Und erfüllest alles, was da lebt, mit Segen. Amen.» Das muss ich jeden Montag und Donnerstag aufsagen, wenn ich bei Müllers esse, die im gleichen Quartier wohnen wie wir. Es sitzen dann alle mit gefalteten Händen am Tisch und leiern den gleichen Spruch herunter, während die Spaghetti ihnen ins Gesicht dampfen. Ausser Manu, der immer sagt, «was da LEGT mit Segen», keine Ahnung, warum. Gemerkt hat das noch niemand, weil alle immer konzentriert die Augen zutun, weil sie Gott grad so spüren. Und das ist dann lustig. Weil ich halt der Einzige bin, der sieht, wie sie alle aussehen. Und weil ich genau weiss, dass sie wissen, dass ich nicht an Gott glaube. Zum Glück haben wir aber irgendwie die Abmachung, dass sie mit mir nicht über Jesus reden, ich dafür jedes Mal mitbete.

Auf dem Weg zu Müllers hatte ich Andi geschrieben, dass er sich ficken solle. Weil ich logisch keinen Kolleg brauche, der das lustig findet, dass ich extra ein Projekt nehme, nur weil ich etwas von einer will. Er tat dann aber, als hätte er keine Ahnung, was ich meinte. «Jaja, fick dich.» – «Ich kann dir schwören, dass mir Lynn gesagt hat, dass sie den Blog nimmt!», schrieb er irgendwann. Und dann glaubte ich ihm zwar. Aber eigentlich machte das alles nur schlimmer. Weil ich jetzt die ganze Woche dahocken und schreiben muss, ohne überhaupt zu wissen, wer daran schuld ist.

Bei Müllers war dann die Projektwoche das grosse Thema. Vielleicht muss ich da noch sagen, dass Margrit immer schaut, dass alle erzählen können, was sie am Morgen so erlebt haben, und ich darum immer schon im vornherein überlegen muss, was ich sagen will, weil ich in der Schule eigentlich nie so die Erlebnisse habe. Manu sagte dann, dass sie am Saalibach gewesen seien und gelernt hätten, eine Fischerrute richtig in der Hand zu halten. Ich hätte fast rausgelacht, weil Andi eine ganze Franzlektion lang probiert hatte, mich zu überreden, auch FISCHERS FRITZ zu nehmen. Und weil ich ihn jetzt vor mir sah, wie er mit der Rute am Bach stand, und sich ultra aufregte, weil er nichts fing. «Wie viele Fische habt ihr denn gefangen?», fragte Margrit. «Das geht denk nicht so schnell!» Und sein Vater hätte das eigentlich lustig gefunden, aber weil er wegen Jesus die Kinder nicht auslachen darf, sagte er nur «Ouuu» und schaute mich an, weil er weiss, dass wir den gleichen Humor haben. «Und du, Lanzelot?», fragte Margrit. «ICH SCHREIBE EINEN BLOG. Also so heisst das Projekt» – «Einen was?» – «Einen Blog», sagte Nina, die gleich alt ist wie ich. «Das kennst du doch, Mami. Wo man Bilder und so drauftun kann.» – «Das macht ihr in der Schule?» – «Wir dürfen keine Bilder raufladen», sagte ich. «Nur schreiben.» – «Dann schreibst du über Bilder?» – «Nein, nichts mit Bildern.» – «Warum sagt ihr mir dann, dass man Bilder drauftun könne?» Ich sagte, dass das nur ein Beispiel gewesen sei, weil man auf Blogs normal schon raufladen könne, was man wolle. Aber jetzt kam sie überhaupt nicht mehr draus. «Ich wäre froh, wenn ihr mir helfen würdet, statt mir die ganze Zeit Sachen zu sagen, die nicht stimmen. Sonst habe ich keine Chance mal drauszukommen.» Und so geht das bei ihnen immer: Dass sie so viel reden, und so langsam essen, wie wenn sie die Grippe hätten, dass ich keine Chance habe, am Nachmittag pünktlich in die Schule zu kommen. Ausser, wenn ich das Velo nehme und wie gestört runtersprinte, wie sie. Aber ich habe halt noch das aus der Ersten. Und weil ich von Babs aus kein neues kaufen darf, weil mein Velo noch fährt und es ihm egal ist, dass alle sehen, dass es ein Kindervelo ist, bei dem man den Sattel einen Meter raufgestellt hat, komme ich halt immer zu spät. Und weil Andi nicht die ganze Zeit wegen mir zusammengeschissen werden will, war der Elektrokasten, auf dem er normal auf mich wartet, heute leer.

«Gut», sagte Gilgen, als ich reinkam. «Ihr könnt anfangen.» Ich hasste, dass ich im Stillen den Mac starten musste und genau wusste, dass irgendwann der Startsound kam. Komisch war, dass ich während dem Warten herausfand, dass ich mich freute, endlich schreiben zu dürfen. Normal fangen ja Blogs zum Beispiel so an, dass die Bloggerin sagt, dass sie scheisse aussehe. Und sie dann hundert Fotos postet, auf denen sie geil aussieht, dass jeder kommentieren kann, dass sie eine Zehn sei. Schöner Arsch, herziges Gesicht und so. Und darum hasse ich Blogs. Aber Gilgen schafft es halt immer, eine Aufgabe so lange zu erklären, bis man sich freut, endlich anfangen zu dürfen. Und irgendwie fing ich bei Andi und dem Fischen an, und irgendwie ging es dann von alleine zu Gilgonator über, und irgendwie hatte er sich irgendwann hinter mich geschlichen und sagte mir ins Ohr: «Und du, Lanz? Was ist dein Blogthema?» Ich klickte das Fenster weg und sagte, dass ich noch kein Thema hätte. Dann kam er damit, dass es Abmachungen gebe. Und ich nickte, auch wenn ich nicht wusste, was für Abmachungen er meinte. «Über was willst du denn schreiben?» Ich hatte keine Ahnung. Darum sagte ich, dass ich einfach einmal angefangen hätte. «Ich melde mich dann, wenn ich es weiss.» – «Du kannst mir jetzt sagen, worüber du schreibst. Du hast ja irgendwas geschrieben, vorhin.» Klar. Das ging ihn aber nichts an. «Das habe ich für mich geschrieben.» – «Aufstehen.» Er zog mir am Pulli. Und natürlich schrieb jetzt keiner mehr. Alle schauten uns nur noch dumm zu. Als er abgehockt war, fragte ich mich, was passiert wäre, wenn ich ihm den Stuhl weggezogen hätte. Und was ich tun würde, wenn er jetzt mein Zeug läse. Aber das machte er nicht. Er öffnete noch einmal die Blogseite und erstellte in etwa hundert Jahren ein neues Profil, wiederholte also noch mal alle Schritte, die wir am Morgen durchgegangen waren. Dann hämmerte er «MEIN BLOG BEI HERRN GILGEN» rein und sagte: «So, Lanz. Das ist das Thema von deinem ersten Eintrag.» Ich wartete, bis er bei Dani war, löschte den Titel und schrieb: «Ich wollte Lynn und keinen scheiss Blog.»

DER ERSTE EINTRAG, DEN ICH FREIWILLIG SCHREIBEN MUSS

Gilgonator sagt immer, dass er Hausaufgaben liebt. Weil es im richtigen Leben auch Hausaufgaben gibt. Vielleicht auch einfach, weil ich nicht der bin, der sie ihm geben darf, sondern umgekehrt. Auf jeden Fall hoffe ich, dass die Aufgaben im Leben nicht so behindert sind, wie er sie immer erfindet. Wie heute zum Beispiel, einen freiwilligen Eintrag zu schreiben. Ich alleine. Weil ich der Einzige war, der die ganze Zeit schrieb, und nicht einmal aufhörte, als er sagte, dass wir gehen könnten, und links und rechts die Macs tuteten und alle heimgingen. Und weil ich dann mit ihm alleine dasass, als ich fertig war mit allem. «Du hast viel geschrieben, heute», sagte er, als ich gehen wollte. Und ich bekam Schiss, dass er mein Zeug gelesen hatte, ferngesteuert vom Lehrermac aus. «Woher wissen Sie das?» Er lachte. «Weil du nonstop geschrieben hast vielleicht. Du hast ja nicht einmal gemerkt, dass du schon längst hättest gehen können.» – «Klar habe ich das gemerkt. Ich bin ja nicht behindert.» Ich sagte tschüss. «Du bist mir noch eine Antwort schuldig.» – «Was?» – «Dein Thema. Wir haben abgemacht, dass du es mir noch verrätst.» Aber er hatte es mir ja selber vorgegeben. Darum sagte ich, dass er das doch wisse: «MEIN BLOG BEI HERRN GILGEN.» Und wenn ich nicht noch gesagt hätte, dass ich wirklich über die Projektwoche geschrieben hatte, wäre er glaub ausgerastet. «Gut», sagte er. «Dann schreib zu Hause doch grad den ersten freiwilligen Eintrag zu deinem fulminanten Thema MEIN BLOG BEI HERRN GILGEN.» Und kurz hätte ich fast etwas gesagt, weil ich jetzt als Einziger zu Hause weiterschreiben musste. Dann kam mir aber in den Sinn, dass ich ja drauf scheissen konnte, weil er eh nicht lesen durfte, was ich schrieb.

Als ich heimkam, war es so verdächtig still, mit Staubflocken, die im Licht herumflogen und allem. Weil Mam am Montag Frühschicht hat, wusste ich, dass sie zurück und mit Mani im Zimmer sein musste. Ich fragte mich, wo Ninu war, weil die Katze normal, wenn ich heimkomme, wie gestört um die Ecke rennt und tut, als würde sie verhungern. Ninu macht das, weil er denkt, dass ich dumm sei und nicht merken würde, dass er mit dem Trick so fett geworden ist wie ein Hund. Heute blieb er aber auf dem Sofa in der Stube liegen. Als ich ihn streichelte, machte er nur kurz die

Augen auf. Er war glaub erkältet. Trotzdem ging ich in die Küche, um ihm zu fressen zu geben. Ich liess die Fleischkörner so leise wie möglich ins Tellerchen rollen, dass Mam nicht hörte, dass ich da war, weil sie sonst vielleicht aus dem Zimmer gekommen wäre, um mir hallo zu sagen. Und das hasse ich dann. Weil es ja fast nichts Peinlicheres gibt. Weil sie ja genau weiss, dass ich weiss, was sie gerade hinter sich hat und sie dann so anders ist, anders spricht und mich anders anschaut als normal. Wie wenn Mani in ihrem Kopf hocken und abhören würde, was sie sagt, irgendwie. Auch wenn sie das nicht extra macht und es selber recht locker nimmt und ganz normales Zeug fragt, wie der Franztest gegangen sei, zum Beispiel. Auf jeden Fall hoffe ich immer, dass wir uns nicht treffen, wenn sie gerade mit Mani im Bett war. Und Mani schon gar nicht. Weil der dann immer tiptop angezogen ist, als wäre nichts gewesen, und er mir hey sagt, als würden wir uns ultragut kennen. Am meisten hasse ich aber, dass er dann statt Schuhen nur Socken anhat, als würde er als Nächstes grad einziehen. Aber heute hörten sie mich zum Glück nicht. Oder sie waren noch nicht fertig.

Ich tat meine Tür zu und drehte mir zu Nirvana eine Zigi. Das mache ich in letzter Zeit viel, wenn ich nach Hause komme. Und dass ich dann an das Mädchen denke, mit dem ich grad am Schreiben bin, und mir dann die Chancen berechne, je nachdem, was sie gerade geschrieben oder ob sie sich eben überhaupt nicht mehr gemeldet hat. Bis jetzt lag ich mit der Rechnung aber immer zu hoch. Weil es ja noch nie geklappt hat, bis jetzt. Beim Rauchen schaute ich rauf zur Eiche, zum Hügel vor unserem Block, wo grad das Land anfängt und Mais und Raps oder Schnee oder Matsch drauf ist, je nach Jahreszeit halt. Oder Gras wie jetzt. Ganz oben war der Baum und der halb blaue, halb dunkle Himmel. Alles war so glänzig vom Regen, dass es aussah, als wäre es aus Playmobil. Es machte mich depro, als ich da so halb auf dem Sims hockte. Also nicht, dass ich grad heulen musste. Klar nicht. Ich musste an heute Morgen denken, und dass ich mich beim Aufstehen auf Lynn gefreut und noch extra Deo unter die Arme und in die Haare getan hatte. Und auch wenn ihr vielleicht denkt, dass das ein ganz normaler Anschiss war, jetzt mit Gilgen statt Lynn im Projekt zu sein, war es wirklich schlimm. Weil ich es nicht genommen hatte, um Andi zu zeigen, dass ich nicht schwul bin. Sondern weil ich es wirklich probieren wollte, bei ihr. Als ich heute dann aber ankam und sah, dass sie nicht da war, und dachte, dass mich Andi verarscht hatte, war es halt nicht nur, dass ich nicht wusste, was ich jetzt noch in diesem Projekt wollte. Sondern überhaupt. Im Ernst.

DIENSTAG

WENN ICH NICHT SO KALT BEKOMMEN HÄTTE, WÄRE ICH NOCH EINEN JOINT LÄNGER DAGEBLIEBEN

Als ich gestern den freiwilligen Eintrag geschrieben hatte, blieb ich am Pult hocken und schaute Sozzial, bis Mam zum Nachtessen rief. Es kam etwas über Los Angeles, und dass die da zu fünft Crystal Meth nehmen und tagelang einen Gangbang machen, bis alle ins Spital müssen, weil sie die ganze Zeit nicht essen oder schlafen oder keine Ahnung. Manimat sass schon am Tisch, und seine Brille und sein Handy hatte er schön neben sich hingelegt. Es gab Kaffee complet, und darum wusste ich nicht, warum Mam noch hundert Jahre in der Küche herumstehen musste. Mani und ich sassen da wie Mongos, die auf den Bus warten. Dann fing er an, herumzuschnuppern wie ein Hamster: «Du stinkst nach Rauch», sagte er. «Nicht dass du noch denkst, dass ich das nicht merke. Da muss man keine gute Nase haben, dass man das riecht.» – «Ist gut.» – «Es kann doch nicht sein, dass ein Vierzehnjähriger pafft. Das ist Gift für deinen jungen Körper. Und für die Fitness auch.» Dann lehnte er sich zurück, dass der Stuhl knarzte, und ich nickte so und hoffte, dass er dachte, dass ich nicht zuhörte. «Das ist schlecht für den Schnauf.» Ich rief Mam, und er knarzte zurück und wollte mir ein Geheimnis verraten: «Weisst du, was meine Mam gemacht hätte, wenn ich so an den Tisch gekommen wäre?» Sie kam endlich mit dem Kaffee. «Sie hätte mir jedes Mal einen gegeben. Merci, Silvi.» – «Schön für dich.» – «Und früher wusste man ja nicht einmal, wie ungesund das alles ist. Es gab Leute, die dachten, rauchen öffne die Bronchien! Haha! Stell dir das vor, Silvi.» Sie nickte genervt und tat sich die Haare hinter das Ohr, und ich fragte mich, ob er hoffte, dass Mam mich von jetzt an auch schlagen würde. Mam wünschte einen Guten und wollte zuerst nichts dazu sagen. Dann sagte sie, dass sie es daneben finde, was er gerade rausgelassen habe. «Willst du damit sagen, dass ich ihn schlagen soll?» Er hatte es aber nicht so gemeint. Klar nicht. Darum fragte ich mich, warum er es dann gesagt hatte. «Warum hast du es dann gesagt?», fragte Mam. Und er sagte, dass sie mir endlich sagen solle, dass das nicht gehe, dass ich rauchte. «SAG MIR NICHT, WAS ICH IHM SAGEN SOLL!» Und so ging es dann weiter. Weil sie mir schon hundertmal gesagt hatte, dass ich nicht rauchen soll. Und ich noch nie auf sie gehört hatte. Weil ich meistens eh nur rauche, wenn sie weg ist. Und sie es glaub eh nicht schlimm findet. Weil sie mich nämlich nicht mal richtig zusammenschiss, als sie das erste Mal sah, wie ich am Fenster rauchte. Sie stand einfach plötzlich im Zimmer, weil ich ihr Klopfen nicht gehört hatte, weil die Musik zu laut war, und sagte nichts. Und zwar, weil sie glaub sah, dass ich zur Abwechslung mal nicht angeschissen war. Und sie mir ja nicht alles verbieten kann, das mich nicht anscheisst. Aber logisch musste ich die Zigi wegschmeissen. Und klar sagte sie dann, dass sie mich nie mehr im Zimmer rauchen sehen wolle. Aber egal. Sie stritten nach einer Minute sowieso nicht mehr über mich, sondern über alles Mögliche. Ich hockte so daneben und würgte ein Stück Brot und einen Landjäger runter. Dann exte ich den Kaffee und ging in mein Zimmer.

Ich startete HEROES OF THE STORM, das ich game, seit ich elf bin. Wie immer waren die ersten Runden lustig, auch wenn ich alle verlor. Aber da bin ich eh nicht normal. Weil mir halt egal ist, ob ich gewinne oder verliere, und ich, solange die Runde läuft, immer so drin bin, es mich dafür doppelt anscheisst, eine neue zu starten, wenn die alte vorbei ist. Weil ja dann alles wieder von vorne anfängt. Vielleicht auch, weil HEROES OF THE STORM einfach scheisse ist. Auf jeden Fall klickte ich irgendwann nur noch auf dem Profil herum und schaute mir die Statistik an. Wie viel ich mit welchem Hero gewonnen hatte und so. Und gross daneben stand Jaina mit ihrer guten Figur. Ich drehte sie so im Kreis. Das ist eine Funktion, mit der man von jedem Held auch den Arsch anschauen kann, auch wenn ich das gar nicht unbedingt wollte. Ich wollte eigentlich gar nichts. Trotzdem drehte ich Jaina so lange und immer schneller im Kreis, und hin und her und hin und her, bis es mir ultra sturm wurde. Ich hielt so die Hände aufs Pult, um das Drehen zu bremsen, und fragte mich, wie dumm man sein muss, seinen Hero so lange herumzuzwirbeln, bis man fast zu kotzen anfängt. Ich klappte den Laptop zu, nahm die Jacke mit dem Gras, schlüpfte so halb in die Schuhe und sprang nach draussen ins Dunkle.

Auf dem Feldweg zur Eiche war kein Schwanz, und es luftete so fest, dass ich zitterte, obwohl es eigentlich gar nicht kalt war. Ich musste immer noch an HEROES OF THE STORM und die drehende Jaina denken. Und so halb fand ich es ja lustig, dass ich immer wieder Sachen mache, die ultimativ sinnlos sind, wie das vorher. Oder dass ich jetzt zur Eiche latschte und mich darauf konzentrierte, wie es Ratsch machte vom Kies. Aber halb hätte ich mir auch gewünscht, dass ich mal etwas Richtiges erleben würde, zur Abwechslung. Immerhin habe ich es gerne, da im Dunkeln raufzulaufen. Weil ich dann immer das Gefühl bekomme, dass ich der einzige Mensch bin, den es überhaupt noch gibt auf der Welt. Auch wenn das eigentlich kein lustiges Gefühl ist. Meistens kiffe ich dann auf dem Bänkchen vor der Eiche, weil ich den Platz von meinem Zimmer aus sehen kann, und umgekehrt. Von oben schauen die Blöcke aus wie Legos, und das Quartier ist so winzig, dass ich es mit einer Hand verdecken kann. In der Nacht sieht man logisch nur Lichter, und das Quartier sieht aus wie die Tastatur von meinem Laptop. Wenn schlechtes Wetter ist und der Mond nicht scheint, ist die Eiche statt ein schöner Baum ein dunkler Fleck, wie ein Monster, von dem man nicht weiss, ob es lieb oder böse ist. Und vielleicht tönt das für euch jetzt nur halb gemütlich. Und ehrlich gesagt, bin ich zuerst auch nie sicher, ob ich da jetzt wirklich reinwill. Auf dem Bänkchen ist es dann aber, als ob ich unsichtbar wäre, und mich nie jemand wieder nerven könnte. Umso dümmer muss es für euch jetzt tönen, wenn ich sage, dass ich gestern nicht auf das Bänkchen hockte. Und zwar nicht, weil ich Schiss hatte, sondern weil es mich plötzlich wundernahm, was weiter oben noch kam. Klar war ich mit Mam oder Babs oder ganz früher sogar mit beiden da raufspaziert. Darum wusste ich auch, dass der Feldweg in einen Wald führt. Aber ich wusste nicht, wie es da in der Nacht so war. Also lief ich einfach am Bänkchen vorbei.

Es machte Ratsch, Ratsch, Ratsch, sonst hörte ich nur einen Zug, ganz unten im Dorf. Nach etwa zehn Schritten blieb ich stehen, weil ich gleich wieder fand, dass es behindert war, da im Dunkeln raufzulaufen. Und das stimmte ja auch. Aber ich musste halt an euch denken, und dass ich euch würde anlügen und sagen müssen, dass ich normal beim Bänkchen war, weil ich ja nicht würde sagen können, dass ich weitergelaufen war, um den Wald zu entdecken, dann aber nach sechs Meter aus Angst umkehrte und heimging. Darum lief ich weiter Richtung Wald, wo ein Licht von einem Bauernhof brannte. Ich hoffte, dass der Bauer nicht plötzlich dastand und hallo sagte, weil ich sonst in die

Hose geschissen hätte. Zum Glück kam aber niemand. Und beim Haus war es still. Man hörte keine Kühe, keine Hühner, kein TV, nichts. Es roch nicht einmal richtig nach Bauernhof. Darum fragte ich mich, ob das alles vielleicht nur Tarnung und der Bauer eigentlich gar kein Bauer, sondern ein Kinderschänder war. Das denke ich viel. Weil mir Mam und Babs früher jeden Tag sagten, dass ich jaaa nie zu einem Mann ins Auto gehen und seine Modelleisenbahn anschauen dürfe, den ich nicht kannte. Und logisch verstehe ich, dass sie das sagten. Aber weil sie das halt jeden Tag sagten, bekam ich sogar Schiss, wenn eine Mutter von jemandem eine Geburtstagstorte in die Schule brachte. Vor allem hatte ich Angst, alleine irgendwo hinzulaufen, egal ob am Morgen oder am Abend oder für in die Schule oder zu Babs. Darum musste ich immer auf andere warten, mit denen ich nach der Schule heimlaufen konnte. Leider war Livu der Einzige, der wirklich nahe bei uns wohnte. Bei ihm musste ich nur noch einen Stock im Haus alleine rauf, und wenn ich mich nicht noch in etwas reinsteigerte, war das nicht mehr schlimm. Alle anderen wohnten mindestens ein paar Blöcke weiter weg. Und lacht jetzt nicht, aber das Problem war, dass Livu und ich uns eigentlich überhaupt nicht gerne hatten. Und dass er zwei Köpfe grösser war als ich, weil er den Kindergarten wiederholt hatte. Ich musste darum immer schauen, dass es aussah, wie wenn wir per Zufall gleichzeitig loslaufen würden. Ich weiss nicht, ob Livu wirklich so dumm war und nicht merkte, dass ich immer auf ihn wartete. Vielleicht glaubte er gleich einfach, dass ich sein Freund war. In den Pausen kommt er nämlich immer noch und geht mir auf die Nerven, auch wenn ich ihm Stab sage, weil er inzwischen etwa zwei Meter gross geworden ist. Es war auf jeden Fall sehr auffällig, dass ich immer auf ihn wartete. Einmal war es schon fast wieder lustig, als er mit einem Kolleg aus dem Nachbardorf den Messi, den er doppelt hatte, gegen die ganze griechische Nationalmannschaft tauschen wollte. Darum liefen wir in der Mittagspause zum Bahnhof, der genau in der umgekehrten Richtung war, als ich hätte gehen müssen. Vor dem Kiosk wartete der andere, der dann mit Livu verhandelte, während ich wie ein Pingu nebendran stand. Ich hatte keine Ahnung, über was sie redeten, weil ich selber keine Fussballkleber sammeln durfte, weil Babs die FIFA scheisse fand. So schlimm war das aber nicht. Schlimm war erst, dass dann Livus Mam kam, um beide abzuholen. Und sie logisch fragte, ob ich mitreiten wolle. Und ich nein sagte. Und sie fragte, ob ich sicher sei. Und ich ja sagte, weil ich nicht wollte, dass sie dachte, dass ich zum Bahnhof gelaufen war, weil ich Angst hatte, allein heimzugehen, sondern weil ich per Zufall auch grad am Bahnhof sein musste. Darum stand ich am Schluss alleine da und musste es schaffen, nicht zu fest zu heulen und gleichzeitig nicht von einem Kinderschänder ins Auto gerissen zu werden, bis die Kinder, die neben dem Bahnhof wohnten, aus den Blöcken kamen, um zurück in die Schule zu gehen. Natürlich sagte ich Babs dann nach der Schule nicht die Wahrheit, warum ich am Mittag nicht gekommen war. Sondern, dass ich bei einem Freund gegessen hätte, der Geburtstag gehabt habe. Logisch wurde Babs wütend und sagte, er hätte noch fast die Polizei gerufen, weil ja etwas hätte passiert sein können. «Man kann ja nie wissen.» Aber eigentlich ging der Schulweg noch. Der Weg zu Babs war viel schlimmer, weil es da überhaupt keine Kinder hatte, mit denen ich laufen konnte. Weder für hin noch für zurück. Darum musste ich immer rennen und gleichzeitig so tun, als ob ich telefonieren würde. Aber das ist zum Glück vorbei. Ausser dass ich eben manchmal denke, dass irgendwo ein Kinderschänder wohnt, wo wahrscheinlich einfach ein normaler Mann lebt. Und dass ich die genaueste Vorstellung habe, was er zu Hause so macht. Dass er einen Keller hat, wo der Boden und die Wände mit roten und blauen Turnmatratzen zugedeckt sind. Und dass er da die Kinder einsperrt und oben für sie kocht und überhaupt den ganzen Tag nichts anderes macht, als Kinderschänder zu sein. Dass er das sozusagen von Beruf ist. Darum gab ich ein bisschen mehr Gas als normal, bis ich genug weit vom Hof weg war.

Im Wald war ich fast blind. Und taub auch fast. Ich musste mich konzentrieren, dass ich in den Kurven nicht von der Strasse kam und in einen Baum latschte. Ich hoffte, dass kein Auto vorbeifuhr, weil es ja nicht mit mir rechnen und mich vielleicht überfahren würde, weil es mich nicht sähe. Oder dass es anhielte, wenn es mich gleich sähe. Und dass es dann der Bauer sein könnte. Aber logisch kam keins. Und irgendwann war auch das langweilig. «Hallo?!», sagte ich. Und lustigerweise bekam ich dann Angst, weil nichts zurückkam, dabei hätte ich erst recht in die Hose geschissen, wenn ein «Ja, wer nervt?» zurückgekommen wäre. Ich konzentrierte mich noch ein bisschen auf das Geräusch von meinen Schuhen. Es machte nicht mehr Ratsch, sondern Dock, Dock, Dock. Ich war mir jetzt wirklich nicht mehr sicher, ob ich blind war. Oder überhaupt noch auf der Welt. Kein Scheiss. Und dann bildete ich mir ein, dass es mit jedem Schritt heller wurde, so wie es vielleicht ist, wenn man stirbt. Es fing sogar an, dass ein blaues Tor vor mir aufging und alles. Aber das war halt der normale Waldausgang, wie ich dann merkte. Am Himmel sah ich viele Sterne und weiter oben sah ich die Lichter von Bottigen. Und klar wollte ich jetzt nicht grad wieder zurück. Darum ging ich da rauf.

Ein Brunnen pisste auf dem Dorfplatz vor sich hin, und eine alte Strassenlaterne war daneben. Ich hielt an. Meine Beine und mein Gesicht kribbelten. Ich hockte mich auf den Brunnenrand und fing an, einen Joint zu drehen. Vor mir war ein alter Schopf und eine rote Maschine mit riesigen Gabeln, mit denen man auf dem Feld Heu verteilen kann. Es war die gleiche Maschine, die meine Tante im Graubünden auch hat. Auch wenn Anna eigentlich nicht meine Tante, sondern die Cousine meiner Mam ist, und es vielleicht auch nicht hundertprozent die gleiche Maschine war. Mit fünf oder so hockte ich mal mit meiner halben Cousine und meinem halben Cousin zusammengequetscht auf dem Seitensitz bei ihr auf dem Traktor. Und da hatte Anna eben die gleiche Maschine dran angemacht. Ich kam mir vor wie ein Pirat, wenn wir so beim Fahren hin und her schaukelten. Vorne kam das Heu wie ein Meer auf uns zu und hinten wirbelte es die Maschine herum. Ich beobachtete die Gabeln, wie sie das Heu zerfetzten, bis die Cousine auf Annas Schulter zeigte, wo eine Biene darauf herumlatschte. Wir fragten uns, wie wir sie verscheuchen sollten, aber der Cousin hielt den Finger vor den Mund, weil er nicht wollte, dass wir es Anna sagten. Ich fand das lustig und dachte die ganze Zeit, jetzt sticht sie dann grad! Jetzt sticht die Biene dann grad. Und zack, schlug Anna das Viech tot. Es fiel runter, und ich schaute, ob es nach links oder rechts gespickt wurde, als die Gabeln es erwischten, aber ich sah es nicht mehr. Dafür sah man auf Annas Schulter dann einen roten Buckel, an dem der Cousin ein bisschen herumstreichelte. Erst als sich Anna genervt umdrehte und den Buckel anschaute, getrauten wir uns zu lachen. Sie kontrollierte, ob wir noch alle da und keiner in die Gabeln gekommen war, dann schaute sie wieder geradeaus.

Ich war bekifft. Und wegen dem Plätschern hinter mir kam ich auf die Idee, von dem Wasser zu trinken. Ich lehnte mich nach hinten und verdrehte mich so, dass ich an den Strahl kam. Es kam so viel Wasser, dass es mir überall hinspritzte und ich mich verschluckte, dass ich aufhocken musste und fast noch gekotzt hätte, weil ich so hustete. Und vielleicht findet ihr jetzt, dass etwas gar nicht mehr normal war mit mir, aber als ich mich beruhigt hatte und so mit nassem Gesicht, nasser Jacke und halbnassen Haaren dastand, musste ich lachen. Und zwar, weil ich es wirklich schön fand, da oben. Wenn ich nicht so kalt bekommen hätte, wäre ich sogar noch einen Joint länger dageblieben und hätte die Heumaschine angeschaut, kein Scheiss. Aber irgendwann musste ich ja eh wieder zurück durch den Wald in mein Zimmer.

DER ENGEL IST DA

Am Dienstag ist Mam immer schon weg, wenn mein Wecker läutet, obwohl sie eigentlich frei hat. Weil sie auf dem Notfall Pflegefachfrau ist und seit einem Jahr das Team leitet und sie am Dienstag Sitzung haben und sie immer noch etwas vorbereiten muss. Das Beste ist, dass Mani auch Pflegefachfrau in ihrem Team ist, und er ihr immer Tipps gibt, was sie machen kann, dass die Sitzungen weniger lange gehen. Auf jeden Fall bekommt sie in letzter Zeit immer eine schlechte Laune, wenn sie an das Spital denkt. Als ich noch klein war und sie nur normal zu den Patienten schauen musste, die spontan zum Notfall reinkamen, kratzten sie die Sitzungen einen Scheiss. Darum habe ich ihr schon hundertmal gesagt, dass sie mit der Leitung doch wieder aufhören solle. Sie sagt dann immer genervt, dass ich noch zu jung sei, um das zu verstehen. Und das liebe ich dann. Weil ich wirklich nicht verstehe, wie es einem so wichtig sein kann, an einem freien Tag ins Spital zu müssen.

Während ich im Halbschlaf in die Küche latschte, dachte ich, dass ich sicher nicht wieder zu Gilgen ging. Weil das ja keinen Sinn machte. Weil ich ja gar nie hatte einen Blog schreiben wollen. Und der Vorteil, dass man in einer Projektwoche nicht normal Schule hat, bei mir weg war, weil Gilgen ja normal nervte wie immer. Und klar hätte ich es locker nehmen können, weil nächstes Wochenende Osterferien sind. Und klar freute ich mich darauf. Aber ehrlich gesagt hätte ich lieber Lynn bekommen als Ferien.

Vor der Schule schaute ich Sozzial in der Stube. Melanie Winiger war zu Gast, die so eine Raucherstimme hat und vor hundert Jahren Miss Schweiz war oder so. Sie sagte, dass sie ein WC habe, das ihr mit einem Wasserstrahl den Arsch massiere, und dass das schön sei, seit sie keinen Freund mehr habe. Und klar fand ich das zuerst lustig. Aber die Moderatorin lachte sie so lange aus, bis es glaub jedem Zuschauer peinlich war. «Habt ihr gehört, Leutz? Melanie Winiger! Hat ein WC mit einer Wasserdüse!» Ich stellte ab, zerdrückte den Energydrink und hockte noch ein bisschen herum.

Die Stimmung auf dem Schulweg war komisch, auch wenn ich nicht genau wusste, warum. Andi war schon wieder nicht beim Elektrokasten. Vielleicht, weil sie schon am Bach waren, weil man mehr Fische fängt, wenn sie noch verpennt sind. Irgendwie kam es mir aber vor, als hätten alle eine Frühschicht eingelegt, weil niemand auf dem Weg in die Schule war ausser mir. Erst im Schulhaus fand ich heraus, dass die Stunde schon angefangen hatte. Es drehten sich alle zu mir um, als ich reinkam. Und logisch wäre das normal der riesen Anschiss gewesen. Wenn nicht noch ein Engel da gewesen wäre, der mich angeschaut hätte. Sie hockte neben meinem Platz. Und logisch durfte ich nicht grad losjubeln oder fragen, warum sie gestern nicht da war. Ich schaute beim Absitzen nur eine halbe Sekunde zu ihr und sie eine viertel zu mir zurück. Dann startete ich den Mac und tat, als wüsste ich genau, was ich zu tun hätte. Und logisch war das recht behindert, weil ich ja WIRKLICH wusste, was ich wollte. Nämlich schreiben. Trotzdem hatte ich das Gefühl, dass Lynn dachte, dass ich schlecht schauspielerte. Aber egal. Es sind jetzt alle am Schreiben, ausser sie, und die ganze Zeit ruft jemand: «Herr Gilgen? Können Sie schnell kommen?» Und Gilgen hat ihr vorher schnell die Seite gezeigt und gemeint, sie solle doch einfach mal anfangen. Und jetzt kommt sie sich wahrscheinlich überhaupt nicht blöd vor. Sie macht sich die ganze Zeit die Friese neu und snappt und hofft, dass es Gilgen nicht sieht. Und natürlich könnte es sein, dass ich es mir nur einbildete, aber ich glaube eben, dass sie schaute, dass ich auch einmal auf dem Bild war. Und was das heissen würde, muss ich euch ja nicht sagen. Das würde heissen, dass sie gerne neben mir sitzt. Scheisse ist nur, dass ich ja nicht ihr zuliebe aufhören kann mit Schreiben, nur damit sie nicht mehr die Einzige ist, die nicht schreibt. Weil sie ja dann glauben würde, dass das ein Zeichen sein soll. Andererseits glaubt sie jetzt wahrscheinlich, ich sei da wegen dem scheiss Blog.

TSCHÜÜÜÜSS!

Nachdem ich euch geschrieben hatte, ging es bis zur Mittagspause noch zehn Minuten, in denen ich mir überlegen konnte, was ich jetzt am Gescheitesten machen sollte. Das Beste war, sie anzusprechen, draussen, im Gang, wenn sie nach Hause ging. Klar. Aber ich hatte Schiss. Ich sass an meinem Platz und sagte mir: Jetzt musst du es durchziehen. Wenn du gestern gewusst hättest, dass sie heute neben dir sitzen wird, du aber zu fest Schiss haben wirst, sie anzusprechen, hättest du dir die Kugel gegeben. Sag einfach hallo. Dann schaute sie so zu mir rüber, weil ich es ja gewusst hatte, dass es auffällig war, wenn ich plötzlich nicht mehr schrieb. Sag einfach hallo, dachte ich wieder. Hallo, ich bin Lanz, oder so. Sag Lanz. Bei Länz hat sie das Gefühl, du seist in der Sechsten. Und bei Lanzelot fragt sie dich, ob du in einer Burg wohnst. Und so ging das weiter, bis es läutete. Als ich rausgehen wollte, merkte ich, dass Gilgen nicht merkte, dass ich ging, weil er mit dem Gesicht etwa zehn Zentimeter nah vor dem Bildschirm sass. Und weil ich wegen Lynn abgelenkt war, rutschte mir ein «Tsch» raus, weil ich ihn unextra erinnern wollte, dass er seine Regel vergessen hatte, keinen gehen zu lassen, der nicht tschüss gesagt hat. Und weil er zum Glück immer noch nichts merkte, tat er mir plötzlich leid. Und das ist dann geil. Dass ich Mitleid habe, dass er mein «Tsch» nicht hört, nur weil er so behindert aussieht.

«Warum bist du eigentlich gestern nicht da gewesen? Hey übrigens. Wir haben uns ja noch gar nicht hallo gesagt. Ich bin Lanz. Und du?» Das leierte ich alles runter, als sie aus dem Zimmer kam. Trotzdem freute es sie glaub, dass ich ihr hallo sagte, auch wenn dann nur sehr wenig zurückkam: «Anschiss.» Und ich wollte irgendwie lustig sein und sagte: «Geiler Name.» Und sie so: «Was?» – «War ein Witz.» Sie tat sich ein paar Haare hinters Ohr, und ich fragte sie, wie sie in echt hiess. Wahrscheinlich wusste sie, dass ich wusste, dass sie Lynn hiess, aber sie sagte gleich «Lynn», und zwar nicht irgendwie genervt, sondern, im Gegenteil, mit ihrem ganzen Körper. «Ich bin Lanz. Habe ich ja schon gesagt …» Und weil sie dann nur «Okay» sagte, sagte ich halt «Tschüss», und sie sagte «Tschüss» zurück. Und das tönt für euch jetzt vielleicht, wie wenn mein Versuch in die Hose gegangen wäre. Aber es gibt halt Sachen, die man nicht richtig aufschreiben kann. Nämlich, dass sie eigentlich nicht «Tschüss», sondern «Tschüüüüss» sagte, mit so einer melodiösen Stimme, und dass sie dann durch den Gang lief und ich irgendwie spürte, dass sie spürte, dass ich ihr nachschaute und sie sich konzentrieren musste, nicht noch mal zurückzuschauen. Fragt mich nicht, wie ich das merkte, aber ich spürte das hundertprozentig. Und das freute mich so, dass es mich dann sogar gefreut hätte, wenn Gilgi jetzt gleich noch den Kopf aus dem Zimmer gehalten und «Tschüss» gesagt hätte.

Zu Hause hätte ich eigentlich eine gute Laune gehabt. Nicht nur wegen Lynn, sondern auch, weil ich mich freute, dass ich nicht zu Müllers musste, sondern Mam zur Abwechslung mal kochte. Sie war daran, Champignons zu schnipseln, und ich stand dumm daneben, und sie so: «Und?» Und das passiert mir viel. Dass ich glaube, dass ich gut drauf bin, bis sie den ersten Satz gesagt hat. Weil sie halt immer fragt, wie es in der Schule war, und ich dann sagen muss, scheisse, auch wenn das ausnahmsweise gar nicht stimmt. Jetzt kam dazu, dass ich ihr vergessen hatte zu sagen, dass wir Projektwoche hatten. Und dass ich ihr darum erklären musste, dass das mit Gilgen war, ich das aber nicht gewusst hatte, weil ich es wegen Lynn genommen hatte, die sie nicht kannte und auch nicht kennen musste. «Wir haben Projektwoche. Habe ich dir vergessen zu sagen.» Sie riss den Champignons die Stengel aus. Und als sie mit allen fertig war, hatte sie Zeit: «Ah! Und wo bist du?» – «Ich schreibe einen Blog.» – «Einen Bloc?» – «Einen BloGGG, mit G.» – «Deine alte Mutter weiss noch gerade, was ein BloG ist.» Sie grinste und fing an, die Pilze zu schneiden. Ich fragte mich, ob ich das auch einmal so gut können würde. Sie hält die Finger so hin, dass nur die Nägel drauf sind und macht in einer halben Sekunde zack, zack, zack. «Und was macht ihr da genau?» – «Eben. Wir schreiben halt, den ganzen Tag.» Sie schob die Pilze in die Schüssel. Früher durfte ich das immer machen, und sie sagte Babs dann, dass ich auch mitgeholfen hätte zu kochen. «Die Lehrer haben manchmal auch Ideen ...», sagte sie und wusch sich die Hände, und ich fragte, was sie damit meine. Sie meinte, dass man nicht den ganzen Tag Blog schreiben könne. «Mit wem ist das überhaupt?» Und vergesst am besten grad wieder, was ich jetzt sagte, aber ich sagte, dass sie den Lehrer nicht kenne, weil sie Gilgen fast so dumm findet wie ich und sie darum gesagt hätte, dass das kein Wunder sei, dass der dachte, dass das eine gute Idee sei, den ganzen Tag zu schreiben. Aber Gilgen hatte normalerweise ja viel dümmere Ideen. Darum fragte ich noch mal, was sie damit meine. «Ich meine damit, dass ICH …» – sie sagte das, als wäre sie irgendwie Schriftstellerin – «…ja nicht einmal wissen würde, was ich schreiben sollte den ganzen Tag. Das würde mich auch anscheissen.» – «DICH vielleicht!» Sie machte ein Gesicht, wie wenn ich grad gesagt hätte, dass ich gerne den ganzen Tag in der Schule sein und schreiben würde. «Was schreibst du denn, wenn ich fragen darf?» Dann schaute sie so herum, weil sie glaub nicht mehr wusste, was sie in der Küche überhaupt wollte und wer sie war und wie wir hiessen und so. Das hat sie manchmal, dass sie keinen Schnall mehr hat. «Es ist halt einfach ein normaler Blog. Nichts Spannendes», sagte ich und stand ihr ein bisschen im Weg herum, bis sie mich auf die Seite schob, weil sie den Reis rühren wollte. Es zischte und dampfte, und mich nervte, dass sie eine Runde gar nichts mehr sagte. «Was denkst du denn, was ich zu dem sagen kann, was ich schreibe?» – «Wart jetzt schnell!» Sie rührte wie gestört. «Was gibt's überhaupt?» – «Jetzt bin ich da. Wo waren wir? Risotto.» Ich sagte, dass sie den Käse noch nicht reintun solle, weil ich es hasse, wenn es Fäden zieht wie bei einem Fondue. «Ich weiss, Länz», sagte sie. «Vielleicht schreibst du ja über Games oder Mädchen, was weiss ich, über was man alles schreiben kann.» Das nervte natürlich, weil sie ja ein bisschen recht hatte. «Ich habe das nur genommen, weil alles scheisse war, was man hat nehmen können. Deshalb habe ich mir auch kein Thema überlegt. Und wieso tust du dann gleich immer Käse rein, wenn du weisst, dass ich das hasse?» Und ich hätte ihr ja mindestens sagen können, dass ich viel geschrieben hatte bis jetzt. Aber irgendwie ging das nicht. Weil sie dann immer weiter gefragt und am Schluss noch gesagt hätte, dass ich das von Babs geerbt hätte, dass ich gerne schreiben würde, weil er Journalist ist. Darum sassen wir dann so vor dem Essen, und sie raffelte etwa eine Stunde lang einen Käseberg auf den Teller, bis ich sie irgendwann fragte, ob sie nicht mal hören wolle mit Raffeln, und sie «Länz!» rief, weil ICH eher mal hören sollte mit nerven. Und so geht es uns viel. Dass sie zuerst mich nervt, und ich dann sie zu nerven anfange, auch wenn wir beide eigentlich gut drauf gewesen wären. Darum sagte ich dann, ausser «Merci fürs Kochen», und sie ausser «Gerne» gar nichts mehr.

Jetzt würde ich nicht gerade sagen, dass ich mich am Nachmittag gefreut hätte, wieder in die Schule zu müssen, aber irgendwie freute ich mich eben schon. Und das ist dann lustig. Dass das halt nur Mädchen schaffen. Aber nicht wegen dem, was ihr jetzt denkt. Auch wenn sich Lynn so hin und her bewegt, wenn sie herumläuft, und das gut aussieht. Aber darum geht es nicht. Auch nicht darum, dass ich irgendwie verliebt bin in sie. Sondern um etwas anderes, das ich glaub nicht richtig erklären kann.

«Hey», sagte sie, als sie abhockte. Sie tat, als wäre sie ultra die Sekretärin, die gerade viel zu tun hat. Ich dachte, dass sie hundertprozent dachte, dass ich wegen dem Blog da war, weil ich ja jetzt schon schrieb, bevor überhaupt die Lektion angefangen hatte. Ich sagte dann so im Satz «Hey» zurück, dann schrieb ich weiter. Und das ist dann schon sehr behindert. Ich meine, ich will ja unbedingt mit ihr reden, tue dann aber so, als würde sie mich einen Scheiss interessieren. Lustigerweise hat sie die genau gleiche Taktik. Nur dass Schreiben irgendwie nicht so ihr Lieblingsfach ist. Zuerst war sie nur am Handy, und nachdem Gilgi sie gesehen hatte, war sie die ganze Zeit daran, das Blogdesign anzupassen. Also Titelschriftart und so. Und immer, wenn ich rüberschaute, drückte sie auf den Fenstern herum und machte so Geräusche, als wäre sie ultra konzentriert. Aber das heisst ja irgendwie, dass sie will, dass ich glaube, dass sie nichts von mir will. Und das ist doch ein gutes Zeichen, oder?

ICH BIN EIGENTLICH NOCH GAR NICHTS

Die meisten sind ja mit vierzehn nicht mehr Jungfrau. Also sind es die meisten von euch auch nicht mehr, weil man ja vorher kaum richtig lesen kann. Aber lacht jetzt nicht, wenn ich sage, dass ich sozusagen noch gar nichts bin. Nicht einmal Jungfrau. Weil ich noch nicht einmal ein Mädchen geküsst habe. Ausser meine Cousine mit vier aufs Ohr. Das habe ich auf einem Foto gesehen. Aber dass ich mit vier schon gleich weit war wie jetzt, macht es logisch eher schlimmer. Und dass ich mich fast nicht daran erinnern kann und es eben die dreijährige Ciara war und sie sich auf dem Foto wegdreht und wahrscheinlich dann auch noch zu heulen anfing, macht mich auch nicht gerade stolz. Aber Andi denkt halt, dass ich in den Sommerferien im Piemont eine gebumst hätte. Und im Winter vorher im Graubünden auch. Und Mam und Babs sind ja auch nicht dumm und wissen, dass man mit vierzehn normal schon Sex hat. Und weil es darum von mir niemand richtig weiss, finde ich, dass es irgendwie gleich nicht so schlimm ist. Weil ich gar nicht unbedingt ficken möchte. Also schon, irgendwie, aber eigentlich hätte ich lieber, wenn ich mit einer schreiben könnte und sie zu mir kommen würde, manchmal nach der Schule oder so …

BO-LIII-VI-A!

«Schaut mal alle zu mir. Wir machen ein Plenum, in dem alle vorstellen können, was sie schreiben.» Das war perfekt, weil ich ja grad über Sex am Schreiben war. «Dani, machst du den Anfang.» Ich schaute extra angeschissen zu Lynn und hoffte, dass sie mithalf, zusammen ein Hassteam gegen Gilgen und sein scheiss Plenum zu bilden. Sie hatte ihre Frisur über den Mittag neu konstruiert. Der Turm, den sie auf dem Kopf hatte, war irgendwie anders zusammengesteckt. Sie lächelte und schaute auf meinen Bildschirm. Ich drückte unauffällig das Fenster weg. Sie durfte nicht denken, dass ich das wegen ihr gemacht hatte, darum schaute ich gleichzeitig zu Dani, als ob es mich interessieren würde, was er gerade sagte. Blöderweise sagte er gerade gar nichts. Vor allem hatte ich ja so tun wollen, als interessierte mich das alles einen Scheiss. Dani holte Luft. Er hatte übrigens keine Krawatte, sondern einen Pulli ohne Ärmel an. Einen Pullunder. Er schaute mindestens so reich aus wie sein Babs, der an Theateraufführungen immer mit einem Pulli über den Schultern in die Schule kommt. «Ich schreibe über Bolivien», sagte Dani. «Ich bin Fan von diesem Land, obwohl ich noch gar nie da in den Ferien gewesen bin, sondern auf den Bahamas, letztes Jahr. Da hatte es so Prospekte im Hotel. Und weil es mir immer langweilig war, habe ich sie die ganze Zeit angeschaut, zusammen mit jemandem von Deutschland. Und der Beste war eindeutig der über Bolivien.» Und als ob Gilgen Bolivien ultragut kennen würde, klatschte er in die Hände, stand auf die Zehenspitzen und sagte: «Bo-liii-vi-a! Sehr schön!» Pullunder-Dani streckte sich und sagte «Ja.» – «Wie seid ihr darauf gekommen, wenn man fragen darf?» – «Also zuerst bin ich nicht unbedingt für Bolivien gewesen. Aber die andere hat von Anfang an gesagt, Bolivien sei ihr Lieblingsland. Mich erinnerte Bolivien immer nur an Oliven, obwohl es da ja gar nicht viel Oliven hat.» Gilgen lachte: «Oliven! Nein, Olivenbäume hat es da nicht viele. Weiss jemand, warum?» Niemand. «Niemand?» – «Weil es so hoch oben ist», sagte Dani. «Fast richtig!» Bolivien sei halb im Dschungel, halb liege es höher als das Matterhorn, sagte Gilgen. Es sei unglaublich, dass auf dieser Höhe Millionen von Leuten wohnen würden. Er habe eben da mal ein halbes Jahr studiert. Als er noch jung gewesen sei. «Und was gibt's über Bolivien zu schreiben?» – «Halt was ich darüber weiss. Und warum ich gerne da wohnen würde.» Ich fand, dass Dani zur Abwechslung mal recht hatte, in seinem scheiss Pullunder: dass Bolivien sicher ein geileres Land war als die Bahamas. Mindestens, wenn das stimmte, dass man so hoch oben studieren konnte wie das Matterhorn und es gleichzeitig Dschungel hatte. «Sehr schön», sagte Gilgen, stand wieder auf die Zehenspitzen und schaute herum, als wären wir hundert Leute, die noch alle irgendwann drankommen würden. Lynn stützte den

Kopf in die Hand und schaukelte mit dem Stuhl herum. «Sven?» Der Ork schaute auf. Wahrscheinlich wäre er schon in der Dreizehnten, weil er schon Bart hat und die ganze Zeit wiederholen musste. Er lachte kurz, kratzte sich unter der dicken Achsel und sagte: «Weh-oh-weh.» Dann lachte Lars. «Ich game das seit drei Jahren. Also World of Warcraft. Aber eigentlich gibt es das schon viel länger.» – «Noch mal für alle: World …?» – «World of Warcraft», sagte Sven. «Also ein Rollenspiel. Man ist ein Charakter, der immer besser wird. Darum schreibe ich den Blog auch in RP.» Lars machte ihn nach: «Aaar-Piii.» – «Ich verstehe nur Bahnhof», sagte Gilgen. «Roleplay», sagte Sven. «Also Forty, mein Gnomen-Hexenmeister, schreibt eigentlich den Blog.» Aber Gilgi verstand immer noch nichts und hielt die Hand rauf wie ein Polizist. «Kannst du noch mal von vorne anfangen, dass auch die etwas verstehen, die das Spiel nicht kennen?» – «Also Forty schreibt den Blog, weil er aus WoW rauswill in unsere Welt. Weil er mit seinem Gamer abgemacht hat, dass er bei ihm wohnen kann.» – «Dass WER bei WEM wohnen kann?» – «Forty bei mir.» Gilgen schaute verwirrt zu Sven, der ein bisschen auf dem Desktop herumklickte. Der dachte glaub jetzt, dass seine Idee scheisse war. Und klar ist es peinlich, wenn man Bart hat, so zu tun, als wäre man ein Gnom, der einen Blog schreibt. Aber dass der Gnom raus aus seiner Welt zu Sven gehen wollte, war doch das Geilste. «Gut», sagte Gilgen. Dann war Lynn dran, die mit dem Kopf auf dem

Tisch lag. Ich schaute in die Runde, als ob ich wüsste, was jetzt kam, weil sie ja meine Freundin war und ich wusste, was sie schrieb. «Ich weiss nicht genau, was ich schreiben soll», sagte Lynn und hockte sich auf. «Du hast doch etwas geschrieben vorhin. Wir haben alle deine Fingernägel tippen gehört.» Das Zwillingsmädchen nickte, und ich fragte mich, ob sie ein bisschen dumm war. «Es ist wirklich nichts Richtiges. Ich schreibe einfach über Colorado. Da wohnt mein Dad.» Dann schwieg sie, und Gilgen schaute zu, wie sie darauf wartete, dass er nicht mehr darauf wartete, dass sie noch mehr sagte. «Lanz?» Ich spürte, dass ich niesen musste, und Gilgen schaute mich darum warnend an. Und das ist jetzt etwas, das ich nicht hundertprozent sagen kann. Weil ich halt immer so laut niese, dass alle aggro werden, weil sie so erschrecken, ich aber glaub gar nicht leiser könnte, auch wenn ich wollte. Ich schrie dann einmal los, dass Gilgen zusammenzuckte. Und bevor jemand «Gesundheit» sagen konnte, sagte ich: «Ich schreibe von dieser Projektwoche und was ich halt so mache, die ganze Zeit, daheim und so. Wie ein Tagebuch.» Ich zog die Nase hoch. «Du hast ja am meisten geschrieben von allen. Kannst du uns mal ein Müsterchen geben? Es werden übrigens alle mal lesen, nicht dass du wieder denkst, du seist der Ärmste.» Aber logisch wollte ich nicht lesen. Darum sagte ich, dass er doch gesagt habe, dass man nichts veröffentlichen müsse, wenn man nicht wolle. «Das musst du auch nicht, Lanz. Du sollst nur eine Passage vorlesen, um Gottes willen … Zudem bin ich überzeugt, dass am Schluss alle etwas veröffentlichen werden. Und wisst ihr, warum? Wer kann dem Lanz den Unterschied zwischen einem Blog und einem Tagebuch erklären?» Ich sagte, dass man den Blog eigentlich für andere schreibe. «Und darum schreibt man in einem Blog auch nur, was man anderen zeigen würde.» – «Ich glaube nicht, dass das so sein muss», sagte ich. «Ich schreibe das schon für jemand. Trotzdem will ich euch das nicht zeigen.» Lars konnte fast nicht mehr: «ÖÖÖÖHHH! Der andere! Ist der dumm?» – «Lies doch du», sagte ich. «Meins ist nicht zum Vorlesen.» – «Meins auch nicht», sagte Lynn. «Meins auch nicht», sagte Dani. Und der Ork schaute verwirrt herum und dachte glaub, dass er hätte zuhören sollen, wenn alle «Meins auch nicht» sagten. «Lanz? Kommst du nach der Stunde schnell zu mir?» In diesen Situationen habe ich meistens, dass ich mich halb freue, mit ihm zu stürmen, und ich halb heulen könnte, weil es nicht lustig ist, immer zusammengeschissen zu werden. Heute hätte ich aber ganz heulen können. Weil ich Lynn nach der Schule hätte anhauen wollen, und ich jetzt wieder bis morgen warten musste. Und während der Zwilling erzählte, was sie schrieb, schaute ich zum Fenster raus, wo ein bisschen blauer Himmel, ein bisschen vom anderen Schulhaus und Efeu zu sehen war, das am Fenster wuchs. Die Blätter bewegten sich ohne Ton, und ich stellte mir vor, dass ich auf dem Bauch oben auf der Kante vom anderen Schulhausdach liegen und links und rechts die Arme und Beine runterhängen liesse, und die Ziegel so warm wären von der Sonne, dass ich erst wieder aufwachen würde, wenn alle längst heimgegangen wären.

Als es läutete, musste ich neben Gilgen am Pult warten, bis nur noch wir zwei übrig waren, dann machte er die Tür zu. Es war so still wie gestern, als ich heimkam. «Das geht so nicht, Lanz!» Ich schaute seinem Bildschirmschoner zu. «Du sabotierst mir meinen Unterricht. Es geht dir Hauptsache darum, genau das Umgekehrte von dem zu machen, was man dir sagt.» Aber ich sass ja jeden Tag da und machte genau, was er wollte, ausser dass ich allen vorlas, dass ich noch nicht einmal Jungfrau war. «Gestern habe ich dir gesagt, du sollst dir ein Thema überlegen, weil dir das Schreiben dann einfacher fallen würde. Und heute kommst du und sagst, dass du immer noch über die Projektwoche schreibst, ‹und was du halt so machst›. Was soll das eigentlich?» Ich musste wieder niesen. Dieses Mal ein bisschen leiser. «Dann bitte ich dich, eine Stelle deiner Wahl vorzulesen, weil du der bist, der am weitesten ist. Dann bringst du es zustande, dass nicht nur du, sondern gar keiner mehr lesen will. Das kann und will ich nicht akzeptieren.» – «Die Projektwoche IST mein Thema, Herr Gilgen. Und dass ...» – «Lanz. Ich kenne dich ja. Ich hatte immer wieder Jungen wie dich. Ich bin seit fast dreissig Jahren Oberstufenlehrer, stell dir das vor. Zwanzig, tschuldigung. Zwanzig sind es, nicht dreissig. Aber mehr als genug, dass ich weiss, dass man in deinem Alter immer versucht, möglichst das Gegenteil von dem zu machen, was einem gesagt wird. Es ist nur doppelt schade, wenn ich sehe, dass du eigentlich Freude am Schreiben hättest, du aber extra das dümmste Thema nimmst, das man überhaupt wählen kann, nur weil du mir eins auswischen willst.» Weil ich die Fresse hielt und nicht wie normal etwas sagte, blieb er ruhig. «Ich will keinen Streit, Lanz. Bis jetzt hat das diese Woche ja auch mehr oder weniger gut geklappt. Darum sage ich dir jetzt, dass du es schon weisst: Morgen werden ALLE lesen. Wer sperrt, wird Konsequenzen tragen müssen. Kein Pardon. Also such dir bis morgen eine Stelle aus, die du vorlesen wirst. Der Austausch gehört nun mal zu diesem Projekt dazu, ob es dir passt oder nicht.»

APFEL ZUM NACHTESSEN

Bis er mich gehen liess, war Lynn schon hundertmal zu Hause. Und auf dem Heimweg bekam ich kurz Panik, weil ich merkte, dass ich gar nicht mehr so viele Chancen hatte, sie vor den Ferien noch anzuhauen. Dazu kam, dass am Freitag Feuerwehrdisco ist, eine Party im alten Feuerwehrmagazin, die einmal im Monat von den Neuntelern organisiert wird. Da gehen alle hin, weil das der einzige Ort ist, wo man in den Ausgang kann, wenn man keinen älteren Bruder hat, der einen nach Bern mitnimmt. Und natürlich war das die Chance für mich. Darum hatte ich mir vorgenommen, sie zu fragen, ob sie auch komme. Auch wenn ich wusste, dass sie kommen würde, weil sie wie alle immer kam. Aber ich glaubte, dass es gut war, sie extra zu fragen, weil ich dann wüsste, dass sie wüsste, dass ich auf sie wartete. Und ich ja immerhin wüsste, dass sie mich hasst, wenn sie nicht käme. Oder dass sie lesbisch ist. Und auch wenn ich eigentlich lieber live mit ihr hätte reden wollen, entschied ich mich auf dem Weg nach Hause, sie zu adden. Nur sah ich schon unterwegs, dass es etwa eine Million Lynns auf Facebook gab. Nur keine Lynn Wyss mit Ypsilon.

Noch mit Schuhen an, ging ich auf dem Laptop auf Cenans Profil. Es konnte ja sein, dass sie auf Facebook LYNN WHITE oder sonst irgendwie hiess. Und Cenan wohnt in ihrem Block und ist seit immer in sie verliebt, auch wenn er etwa vier Jahre jünger ist als sie. Darum dachte ich, dass er sie sicher als Freundin hatte. Und darum denkt ihr jetzt vielleicht auch, dass ich ihn blöd finde. Aber er ist der Geilste. Und zwar, weil Lynn einmal etwas vom Drogerie-Dani wollte, der in Bern in eine Privatschule geht. Also nicht vom Pullunder-Dani. Und Cenan mal am Bahnhof wartete, bis der von der Schule zurückkam, und ihn anhielt. Dani schiss sich natürlich in die Hose, obwohl ihm Cenan nur bis zum Bauch kam, und fragte mit zittriger Stimme, was denn los sei. So glaube ich zumindest, dass es war. Cenan zog die Lippen rauf, nahm das Portemonnaie aus der Arschtasche, riss eine Fünfzigernote raus und hielt sie dem Dani hin. Dafür dass er sich nie mehr mit Lynn traf. Und logisch fanden das in der Schule alle dumm. Auch weil Lynn anderthalb Köpfe grösser war als er. Und klar war Cenan ein Hohlio, er war ja auch zehn. Aber ich fand halt immer, dass er das Geld nicht viel gescheiter hätte ausgeben können als für Lynn. Vor allem, weil Dani es gar nicht nahm, dann aber gleich nie mehr mit ihr abmachte. Wahrscheinlich machte aber auch sie weiterhin nie mit Cenan ab. Darum hatte er sie auch nicht auf Facebook. Oder ich hatte seine Freunde zu schnell durchgescrollt. Auf jeden Fall fand ich Lynn nicht, und es war schon zehn vor sechs. Und um halb sechs hätte ich bei Babs sein müssen.

Bis ich bei seinem Block war, der an der Strasse unter Andis Haus steht, war zehn ab und seine Tür geschlossen. «Du kommst auch noch früh», sagte er im Türspalt. «Sorry», sagte ich, ging rein und strampelte die Schuhe ab. Es roch nach Fleisch. «Ist ja nichts Neues, dass wir um sechs essen», sagte er. «Sonst kannst du es mir sagen, wenn du später kommst, dann kann ich mich richten.» – «Ich weiss, ich habe nur nicht auf die Uhr geschaut.» Er hatte schon angefangen mit Essen. Es gab Reis und gebratene Cervelats. In die Würste hatte er wieder einmal Smileys eingeritzt, weil er das lustig findet und denkt, dass ich das auch lustig finde, weil ich das vor dreizehn Jahren lustig gefunden habe.

In meinem Teller war nichts. Nur ein Apfel stand nebendran, weil er kein Gemüse gemacht hatte. «Gibt's Apfel zum Nachtessen?» – «Jap. Hast du gern?» Ich biss rein. «So ist das eben, wenn man zu spät kommt.» Er schöpfte mir. «Und heute?» Ich schmatzte. «Erzähl.» – «Halt Projektwoche. Danke fürs Kochen.» – «Blog, hast du gesagt, gell?» – «Ja, aber das Geilste ist, dass das ausgerechnet Gilgen gibt. Das ist nicht auf dem Zettel gestanden.» – «Lass doch den. Ich hatte auch nur Deppen als Lehrer und habe es auch überlebt.» – «Glaubst du, ich hätte es genommen, wenn ich gewusst hätte, dass das mit Gilgen ist?» Ich glotzte ihn an, er glotzte zurück, und ich sagte, dass ich nicht glaubte, dass er so Arschlöcher gehabt habe wie Gilgen. «Halt! Herr Zwygard, ich weiss, von dem habe ich dir schon erzählt», er hielt den Finger in die Luft: «SEXTA BIS PRIMA, jeden Tag: ‹GUTEN MORGEN, HERR ZWYGARD.› Dann hat er sich einen rausgepickt, meistens natürlich mich, und hat gefragt: ‹Haben Sie gut geschlafen? Haben Sie mir einen Satz aus Ihrer Bettlektüre?› Und ich habe ja nur Comics gelesen, und das war Schund. Damals. Darum musste ich immer Sätze auswendig lernen von Keller und Walser, die ich am Morgen aufsagen konnte. Na ja, das war einmal.» Wahrscheinlich muss ich euch nicht mehr sagen, dass das nicht die neuste Geschichte war. «Ah, und weisst du, wo ich hingehe über Ostern? Zu Carolina. Erinnerst du dich noch? Die mit dem Hotel in Ronco, wo wir mal zusammen waren.» Klar erinnerte ich mich. «Das würde heissen, dass du am Donnerstag nicht hier schlafen kannst. Geht das?» Ich nickte. «Sagst du es Mam?» Babs fragt mich viel, ob ich Mam etwas sagen könne, weil sie weniger Stress bekommen, wenn ich es sage. Jetzt würde ihm Mam zum Beispiel sagen, dass er nicht einfach zwei Tage vorher sagen könne, dass er weg sei, und dass er darum nicht gehen dürfe. Darum sage ich immer ja, wenn er mich fragt. Auch weil ich dann einfach vergessen kann, es ihr zu sagen. «Und was machen deine Ferien?» – «Ja, nichts. Was sollen sie denn machen?» – «Kann ja sein, dass du weisst, was du in den Ferien machst … Wie alt warst du da eigentlich?» – «Was?» – «In Ronco.» Aber ich hatte eine andere Frage: Von wo er die eigentlich kannte. «Carolina? Ich war per Zufall mal bei ihr im Hotel. Es war was vom Schweizerischen Fussballverband, über das ich schreiben musste. Ich weiss es nicht mehr im Detail. Machst du die Küche?» Natürlich machte ich die Küche, weil ich die Küche immer mache, während er auf dem Balkon sitzt und raucht. Und eigentlich ist es ja auch fair, wenn er schon kocht. Gleich komme ich mir immer vor wie sein Sklave, weil er es immer so zelebriert, dass er nichts mehr erledigen muss, und sich dann so streckt, so «Aaaaaahh!» und «Oooooohh!», während ich die Resten ins WC kippen darf. Und das graust mich halt immer ultra. Also der Reis heute. Und wie alles so ins Wasser platschte. Und dass ich die Zwiebelstücke, die noch in der Pfanne klebten, extra rausschaben und die Fettspur in der Schüssel wegbürsten musste.

MIT DEM WALLI HIN ZU BABS UND ZURÜCK MIT IHM NACH HAUSE

Als ich fertig war, chillte Babs schon auf dem Sofa und schaute ARD oder so. Ich fing am Esstisch an, über das Plenum von heute Nachmittag zu schreiben. Gilgen hatte mich beim Ohrenkuss ja unterbrochen. Zuerst tat Babs nicht viel dergleichen, dass ich die ganze Zeit schrieb. Bis ich sagte, dass ich ein bisschen Blog schreiben würde. «Aaaa-ha!» Dann kam etwas von einem Bombenanschlag in Brüssel. «Aha?» – «Still!» Ein IS hatte sich am Flughafen in die Luft gesprengt. Dann Babs: «So ist das eben. Der Apfel fällt nicht weit vom Ross.» Weil er halt auch schreibt als Journalist. Dann sagte er nichts mehr, und ich konnte weiterschreiben.

Inzwischen nervt er sich glaub ab mir, weil der Krimi angefangen hat und es vom Schreiben die ganze Zeit töckelt und er bei Krimis schon Mühe hat drauszukommen, wenn eine Fliege auf dem Fernseher herumlatscht. Aber in meinem Zimmer ist es halt höchstens zehn Grad, und die Energiesparlampe hat etwa ein Jahr, bis sie Licht gibt, mit dem es dann immer noch aussieht wie in einem Kühlschrank. Aber nicht, dass ihr jetzt denkt, dass Babs möchte, dass ich ins Zimmer ginge. Er wünschte sich, dass ich mit ihm fernsehen würde. Seit immer versucht er mich zu überzeugen, dass ich Krimis spannend fände, wenn ich mich darauf einlassen würde. Nur hat er glaub vergessen, dass ich früher die ganze Zeit mit ihm Krimis schaute. Und dass ich das immer gerne hatte. Nur war das halt, weil ich es gemütlich fand, mit ihm auf dem Sofa zu sitzen, und ich nicht einmal Angst haben musste, wenn ultra die Mordszene passierte. Dazu kam so kleines Zeug, wie dass ich es lustig fand, wenn er aggro wurde, wenn ich ihm einen in die Nüsse gab. Also nicht, weil ich das extra machte, sondern weil ich mich nicht stillhalten konnte und es manchmal halt einfach passierte, wenn ich herumturnte. Aber logisch will ich nicht mehr neben ihm auf dem Sofa hocken und Krimis schauen. Aber darum ist es halt immer langweilig, bei ihm. Weil ich ja nicht einmal rauchen kann, zum Beispiel, weil er ja gar nicht weiss, dass ich rauche, und es mir peinlich wäre, vor ihm zu rauchen, auch wenn er selber raucht. Und weil ich am liebsten laut Musik höre, dass ich den Bass spüre, bei ihm aber nur mit Ohrstöpseln hören darf. Und ich ja auch nicht raus oder zu Andi gehen kann. Weil ich ja da bin, wenn ich schon einmal da bin. Ich weiss aber eben nie, was ich da machen soll. Und Babs merkt das nicht einmal. Weil er glaub denkt, dass ich bei Mam auch nichts anderes mache, als einfach ein bisschen bei ihr zu sein. Weil das vielleicht noch so gewesen war, bevor er wegzügelte, dass ich gerne mit ihnen zusammen auf dem Sofa lag und Tagesschau schaute, auch wenn ich nichts verstand. Inzwischen warte ich bei ihm aber nur noch darauf, dass ich ins Bett muss. Darum scheisst es mich auch schon am Morgen an, wenn mir in den Sinn kommt, dass ich am Abend bei ihm bin. Darum schreibe ich ihm manchmal, dass ich krank sei. Und Babs wünscht mir dann meistens sogar eine gute Besserung. Dann tut er mir leid, weil ich ihn angelogen habe, und wir uns nicht sehen. Und weil er ja auch nicht dumm ist und sicher schnallt, dass ich nicht alle drei Wochen krank sein kann. Dann habe ich viel, dass ich mir gleich wieder wünschte, dass ich am Abend bei ihm schlafen würde.

Ursprünglich hätte ich mir natürlich gewünscht, dass ich bei Mam UND bei Babs zu Hause wäre. Darum legte ich, als Babs vor sieben Jahren seine Sachen in Zügelkisten packte, mein Zeug ebenfalls im Zimmer aus, um alles fair aufteilen zu können: Die Games, die Legos, den Fussball, die Ballpumpe und so weiter. Und einen Plüsch-Wall-E, den ich am liebsten hatte von allem. Plus Scheiss wie Muscheln oder diese Steine gegen Elektrosmog. Irgendwann stand Babs geschockt hinter mir. Er war so halb am Heulen, halb machte er ein strenges Gesicht. «Wir haben doch abgemacht, dass du hierbleibst», sagte er. Und ich sagte, dass er doch gesagt habe, dass ich bei ihm auch ein Zimmer hätte. Und dass ich jetzt halt schauen müsse, dass die Sachen gerecht aufgeteilt würden. Dann machte ich weiter, bis nur noch Wall-E übrig blieb, von dem ich keine Ahnung hatte, auf welchen Berg ich ihn tun sollte. Ich hielt Walli in den Händen und überlegte, was ich vom einen auf den anderen Haufen tun könnte, das ihn ausgleichen würde. Aber es gab nichts. Er schlief jede Nacht bei mir. Und alle anderen Plüschtiere waren mir egal. Und lacht jetzt nicht, aber erst da fand ich es das erste Mal scheisse, dass Babs wegzügelte. Zum Glück hockte sich irgendwann Mam neben mich und fragte, welchen Berg ich denn zu Papi nehmen wolle. Ich zeigte auf den mit dem Fussball. «Und Walli?» Ich zuckte mit den Schultern und fing an zu heulen und hörte erst wieder damit auf, als sie vorschlug, dass ich ihn ja immer mitnehmen könne, hin zu Babs und zurück wieder nach Hause.

Nach dem letzten Nachtessen zu dritt fragte mich Babs, ob ich ihn begleiten und in seiner neuen Wohnung schlafen wolle. Warum er schon am neuen Ort übernachten wollte, obwohl er noch gar nicht richtig gezügelt hatte, weiss ich nicht. Ich weiss aber noch genau, dass ich mir gross vorkam, weil das die erste richtige Entscheidung war, die ich in meinem Leben treffen durfte. Und weil ich merkte, dass es Babs wirklich wundernahm, was ich jetzt sagte, und Mam einfach schwieg und mich wählen liess. Aber die Entscheidung war leicht. Er hatte eine neue Bude und ich hatte mich schon die ganze Zeit darauf gefreut. Zu dritt gingen also Babs, mit mir an der Hand, und ich, mit Walli unter dem Arm, im Halbdunkeln runter zu seinem Block. Das Erste, was mir auffiel, war ein Graffiti neben der Eingangstür. Es machte mir Angst, weil ich wusste, dass das Grosse gewesen sein mussten, denen ich auf keinen Fall begegnen durfte. Erst vor kurzem fiel mir auf, dass die, die das gemacht hatten, wahrscheinlich zehn Jahre alt gewesen waren, weil da in Kinderschrift «Hip-Hop» steht.

In Babs Wohnung hallte es wie in der Schule im Gang. Ich hatte mir vorgestellt, dass die Wohnung eingerichtet und gemütlich sein würde, da ich noch nie eine leere Wohnung gesehen und gar nicht richtig gewusst hatte, dass es das überhaupt gibt. Nicht einmal Lampen waren installiert. Babs zündete mit dem Handy und wir schlichen wie Räuber durch mein halbes neues Zuhause, bis er in seinem Zimmer eine herunterhängende Birne anschalten konnte. Am Boden lag eine grosse Matratze und unter dem Fenster stand ein neuer Fernseher, den Babs sofort anschaltete, als ob sonst etwas Schlimmes passiert wäre. Da schauten wir dann Asterix und Obelix mit den zwölf Aufgaben, und ich weiss noch, dass ich ultra Freude hatte, dass wir ab jetzt immer zusammen Filme schauen würden, ohne Mam, ohne niemand, sondern nur wir zwei.

Als ich am nächsten Morgen bei Licht mein Zimmer sah, wäre ich am liebsten grad wieder nach Hause gegangen. Die Ecken waren schwarz wie Steine einer Feuerstelle. Babs erklärte, dass der vordere Mieter geraucht habe wie ein Türke. Trotzdem wollte ich nicht rein, bis Babs mir versprach, dass er das Zimmer streichen würde, mit der Farbe, die ich wollte. Ich wollte es schwarz-gelb getigert haben, wegen dem Tigerentenclub. Und nicht dass ihr jetzt denkt, dass er mich verarschte. Er löste das Versprechen dann fast ein. Nur hatte ich, bis er endlich Zeit dafür hatte, schon vergessen, dass die Wände eigentlich zum Kotzen waren. Zudem strich er sie weiss, weil er inzwischen fand, dass ich zu alt war für den Tigerentenclub. Den Weg zu ihm und zurück machte ich aber wirklich immer mit Walli. Eigentlich bis vor kurzem. Sonst kann ich aber nicht behaupten, dass ich darauf achtete, dass die Zimmer gleich behandelt wurden. Ehrlich gesagt habe ich nämlich noch genau den gleichen Scheiss bei ihm, den ich damals auf den Papihaufen gelegt habe, nur dass der Fussball zusammengeschrumpelt ist, weil die Pumpe bei Mam herumliegt. Und dass er den Hometrainer zu mir ins Zimmer gestellt hat. Und logisch schauen wir auch nie Asterix und Obelix auf seinem Bett. Aber es ist ja nicht, dass er nie fragt, was ich schauen will. Nur sage ich halt immer, dass ich gar nichts schauen möchte, weil ich nur Zeug schauen möchte, das er eh hassen würde. Darum schleppe ich inzwischen, statt den Walli, immer den Laptop hin und her und game HEROES OF THE STORM. Oder schreibe eben Blog, seit neuestem.

ÜBERMORGEN IST JA AUCH NOCH EIN TAG

Seit ich euch heute Abend am Schreiben bin, habe ich etwa tausendmal geschaut, ob sie mich geaddet hat. Und jedes Mal sagte ich mir, dass morgen auch noch ein Tag sei und ich sie morgen ja immer noch anhauen könne. Aber ich glaube halt, dass ich morgen Abend wieder zu Hause hocken und schreiben werde, dass morgen auch noch ein Tag sei und ich sie morgen ja immer noch anhauen könne. Nur weiss ich halt nicht, was ich sonst machen soll.

MITTWOCH

ICH FRAGTE MICH, OB DAS WIRKLICH SCHLIMM WAR, WIE KREBS

Ich lag noch lange wach, gestern. Das geht mir immer so, weil Babs um Viertel ab neun sagt, dass wir jetzt ins Bett müssten, logisch aber nur ich muss, und ich dann noch ewig herumhirne, weil ich bei Mam viel später ins Bett gehe. Und vielleicht denkt ihr jetzt, dass das nicht schaden kann, ein bisschen herumzuliegen und Sachen zu überlegen. Es geht mir aber immer schlechter, je länger ich überlege. Gestern dachte ich zum Beispiel, dass ich euch sicher längst nerve, weil ich ja die ganze Zeit Zeug aufzähle, das scheisse ist, in meinem Leben, ich aber gleich nie etwas dagegen mache. Und dass ihr sicher denkt, dass ich Babs doch einfach sagen soll, dass ich noch nicht ins Bett will, weil ich nicht mehr sieben, sondern vierzehn bin. Dass ich mich noch nie getraut hatte, ihm das zu sagen, machte mich irgendwie so aggro, dass ich aufstand und mit Unterhose und Jacke auf den Balkon ging, um da eine zu rauchen. Das war das erste Mal, dass ich das machte. Und logisch wollte ich nicht, dass er mich hörte, aber gleich stellte ich mir vor, dass er neben mir stehen und auch rauchen würde. Ich dachte, dass es mich nicht immer so anscheissen würde, zu ihm zu gehen, wenn ich wüsste, dass wir bis spät auf dem Balkon stehen und auf die Dorflichter runterschauen würden. Aber er war halt mein Babs und nicht mein Kolleg. Darum musste ich wahrscheinlich warten, bis ich alt sein und eh nicht mehr bei ihm schlafen würde. Unten rauschte ein unendlich langer Güterzug durch. Früher hatte ich das jede Nacht gehört, wenn ich das Fenster offen hatte. Und weil ich es am Tag nie hörte, dachte ich immer, dass es normal ist, dass die Nacht rauscht. Dann ging das Rauschen weg. Irgendwie war es gleich nicht die dümmste Frage von Babs gewesen, was ich in den Ferien machen wollte. Ich musste Andi morgen unbedingt fragen, was er vorhatte. Dass Babs zu Carolina ging, gab mir ein komisches Gefühl. Weil wir da eben zu zweit mal Ferien gemacht hatten, kurz nachdem er gezügelt war. Vorher waren wir mit Mam immer im Maggiatal, in der Toscana und in Clavau bei den Verwandten gewesen. Dann musste er sich etwas Neues ausdenken. Und weil er immer schon scheisse darin gewesen war, war das Neue halt wieder das Tessin, nur dieses Mal eben Ronco. Da waren wir in einem winzigen Hotel mit Steintischen vorne dran, wo die Gäste Zeitung lasen und Wein tranken. Der Jüngste nach mir war Babs. Ich fuhr mit dem Legotechnicsauto, das er mir extra für die Ferien geschenkt hatte, zwischen den vielen Beinen durch, bis die Alten sagten, dass Babs mir sagen solle, dass ich aufhören müsse. Und weil es eh nicht so lustig war, die ganze Zeit am Boden herumzukriechen, war das eigentlich nicht so schlimm. Schlimm war eher, dass Babs nach der ersten Nacht sagte, dass er keine Sekunde geschlafen habe. Ich dachte, dass das etwas sein musste, das nur Erwachsene haben, weil ich nicht wusste, wie das ging, eine ganze Nacht nicht zu schlafen. Wir latschten dann kurz am See herum und schauten uns die Leute in den Pedalos an, die auf dem Wasser hin und her fuhren. Und logisch fing ich dann an zu betteln, bis er mir versprach, dass wir am nächsten Tag auch so ein Boot mieten würden, wenn er ausgeschlafen sei. Er schlief dann aber wieder nichts. Ich hatte keine Ahnung, ob das noch normal, oder ob das jetzt wirklich schlimm war. Wie Krebs. Beim Morgenessen kam Carolina an unseren Tisch. Sie hatte kaputte Jeans an und schaute eher aus wie eine Touristin als wie die Chefin vom Hotel. Sie fragte mich lustigerweise, ob ich gut geschlafen hätte, und ich sagte ja und schaute Babs an. Er lachte und sagte, er habe überhaupt nicht geschlafen. Sie grinste und meinte, dass er sich halt nur die besten Matratzen gewohnt sei, nicht so Zweisternscheiss. Und komischerweise grinste dann auch Babs, wie wenn er jetzt plötzlich gleich wieder gut geschlafen hätte. Wir gingen dann aber nicht einmal mehr an den See. Ich fragte mich, wie das ging, dass er nicht schlafen konnte, wenn er sogar zum Spazieren zu müde war. Und eigentlich frage ich mich das immer noch. Vor allem, weil er am dritten Tag dann fast tot war. Er sagte hundertmal, dass er auch nicht wisse, warum er nicht schlafen könne. «Ich weiss doch auch nicht, was los ist. Ich kann es dir in Gottes Namen nicht sagen, Länz.» Aber ich hatte ihn ja gar nicht gefragt. Er versprach dann gleich, dass er die nächste Nacht gut schlafen und wir dann pedalofahren würden. Ich hoffte sehr, dass das stimmte, und zwar nicht, weil ich unbedingt auf den See wollte, sondern weil ich glaubte, dass er bald starb. Darum hielt ich am Abend die Hände in die Luft und betete, dass Babs endlich schlafen konnte. In der Nacht erwachte ich aber, weil er in seinem Zimmer so am Heulen war. Und am Morgen sassen wir wieder im Auto für nach Hause. Und obwohl das erste Mal beten nichts genützt hatte, betete ich noch ein zweites Mal. Und zwar dafür, dass wir keinen Unfall haben würden, weil Babs halt fast mit geschlossenen Augen fuhr. Und dieses Mal half es zum Glück. Trotzdem waren die ersten Ferien zu zweit scheisse gewesen. Komischerweise fragte ich mich dann aber nie mehr, wieso er nicht hatte schlafen können. Weil es halt einfach war, wie es war. Wie alles. Aber jetzt auf dem Balkon, mit dem Zigistummel in der Hand, machte mich das alles irgendwie traurig, auch wenn ich nicht genau wusste, warum.

HAST DU KEINE RICHTIGE MAM, SCHLÜSSELBRETT?

«Weisst du jetzt, was du schreiben willst?» Logisch war das die dümmste Frage, die ich Lynn überhaupt stellen konnte, aber ich musste sie ja irgendwas fragen. Und zwar schnell. «Also nicht, dass du es mir verraten musst. Nur, ob du es schon weisst. Scheisst es dich eigentlich an, der Blog?» Weil ich so verpennt war, weil ich nur geschrieben und nichts geredet hatte, war meine Stimme tiefer als normal. Und das wäre ja eigentlich gut gewesen. Trotzdem furzte sie nur so mit dem Mund: «Pfft.» Ich kratzte mich an der Stirn, sie grübelte etwas aus ihrem Auge und sagte: «Nein.» Und ich so: «Nicht?» – «Über Colorado halt. Mein Daddy wohnt in Silverton, das ist so ein Ort wie in Lucky Luke.» – «Ah. Hat es da Kaktusse?» Ich nahm ein Nastuch hervor, in das ich schon paarmal geschneuzt hatte, und das nur noch ein Klumpen war. «Nööps, das ist in den Bergen.» Und ich dachte, dass das also nicht stimmen konnte mit Lucky Luke, aber egal. «Was macht er denn da?» Ich versuchte den Klumpen aufzufalten. «Pfft. Er hat da ein Motel.» Dann läutete die grosse Pause, und ich schneuzte und tat nichts dergleichen. Irgendwann hat jemand damit angefangen, wenn es läutet, statt wie normal nervös zu werden, einfach so zu tun, als gingen ihm die Pausen am Arsch vorbei. Und das machen jetzt alle so. «Ich habe ihn erst einmal gesehen», sagte Lynn. «Und deine Mam?» – «Mehr.» – «Was?» – «Die sehe ich die ganze Zeit. Die wohnt zu Hause.» Dann stand sie auf, und ich wusste nicht mehr, was ich sagen könnte, durfte aber logisch nicht gleichzeitig mit ihr aufstehen. Also blieb ich sitzen. Im Weggehen drehte sie sich noch mal um einen Viertel um, dann verschwand sie.

In der Pause stand ich mit den anderen aus meiner Klasse neben dem Eingang, und schaute zu ihr. Sie steht immer mit den Ausländermädchen unten an der Steintreppe auf der Strasse, und wenn ein Auto kommt, gehen sie extra nicht aus dem Weg. Und weil sie eben einmal von da raufgestarrt hat, kenne ich sie. Bei uns redeten wieder alle über ihre Projekte und zeigten Fotos. Und ich weiss jetzt nicht, ob ihr auch jemand habt, der euch immer vollleiert. Bei mir ist das auf jeden Fall Livu, wahrscheinlich halt noch wegen früher. Der hat in dieser Woche immer am Mittag aus, weil er um zwei aufstehen muss, weil er in der Schule Brot backt. «Stimmt! Du hast ja schon fast wieder aus», sagte ich, weil Mittwoch war. «Du im Fall auch, du Genie …» Aber eigentlich wäre das mein Witz gewesen. Lynn stand mit der Seite zu mir und schaute aufs Handy. «Weisst du, was? Der Beck hat gesagt, die suchen noch Lehrlinge», sagte Livu. «Dann mach doch das», sagte ich. «Weisst du, wenn du das eigene Brot isst, ist es etwas anderes, als wenn du es kaufst.» – «Ich weiss.» Sie schaute kurz auf. «Weil du es nämlich selber gemacht hast.» Ich dachte, dass es kein Wunder war, dass Livu es schön fand, etwas zu essen, das er selber gemacht hatte, weil seine Mam eigentlich nichts anderes macht, als die ganze Zeit alles für ihn zu machen. Früher hätte ich mir auch so eine Mam gewünscht. Da sagten die, die eine Mam wie Livu hatten, uns, die eine Mam wie ich hatten, Schlüsselbrett, weil wir einen Schlüssel um den Hals trugen. Und sie fragten uns, ob wir keine RICHTIGE Mam hätten. Und natürlich sagte mir auch Livu Schlüsselbrett, wenn andere dabei waren. Inzwischen wäre ich es aber, der lachen könnte, wenn er am Eingang warten muss, bis seine Mam oder ich ihm die Tür auftue, weil er immer noch keinen eigenen Schlüssel haben darf.

Nach der Pause ging ich aufs WC. Nicht weil ich unbedingt musste, sondern weil ich mich darauf einstellen wollte, Lynn zu fragen, ob sie auch an die Party komme. Ich spiegelte mich ein bisschen im Pissoir, ich schaute nach oben zu einem Wasserrohr und dachte: Jetzt musst du sie fragen. Und als ich die Hosen raufgezogen hatte, war ich mir ganz sicher, dass ich es machte. Aber jetzt, wo ich wieder neben ihr sitze, kommt es mir gleich wieder behindert vor, sie noch einmal anzuhauen. Weil ich ihr ja geradeso gut sagen könnte, dass ich etwas von ihr will.

IHR POSTET JA NONSTOP SELFIES AUS DEN FERIEN

Das Lustigste am Blog ist, dass ich immer erst merke, wie dumm ich bin, wenn ich lese, was ich mir so überlegt habe, die ganze Zeit. Nach dem letzten Eintrag schob ich darum kurz Panik. Weil ich mir plötzlich sicher war, dass ich Lynn die ganze Woche nie mehr ansprechen würde. «Darf ich dich adden?», fragte ich sofort. Sie schaute auf ihren Bildschirm: «Wenn du unbedingt willst. Du musst einfach wissen, dass ich Facebook hasse.» – «Klar.» Dann musste ich so tun, als hätte ich nicht schon hundert Jahre lang probiert, sie zu suchen: «Ich sehe dich irgendwie nicht.» Sie rollte zu mir, dass sie mit dem Arm an meinen kam. «Hööö?» Jetzt war es mir egal, ob ich sie adden konnte, ich konzentrierte mich nur noch auf die zwei Zentimeter Arm, an denen wir uns berührten. «Aaaah!», sagte sie dann. «Logisch.» – «Was?» – «Meine Mam wollte, dass man mich nicht findet.» – «Ah, was, wirklich?» – «Du kannst mich nicht adden. Ich muss dich.» Und vielleicht denkt ihr jetzt, dass sie mich frühestens in zwei Jahren adden wollte, wenn ich einen Kopf grösser sein und Bart haben werde. Aber sie rollte zurück an ihren Platz und addete mich sofort. Sie hiess Lynn Wyss, übrigens. Und sicher war das nicht schlecht, dass ich sie jetzt hatte, aber eigentlich war das ja gar nicht das Ziel gewesen. «Kommst du am Freitag auch?» Ich strampelte so mit den Zehen. «Nein.» Klar musste sie nein sagen, weil alle immer nein sagen und so tun, als wüssten sie etwas Besseres. «Und was hast du vor?» – «AutOOOren ...!» Es war Gilgen. «PlEEEnum!» Und am liebsten wäre ich gestorben, weil ich jetzt auf ihre Antwort warten musste. Und weil ich keinen Abschnitt zum Vorlesen hatte. Warum er übrigens unbedingt wollte, dass wir etwas vorlasen, verstehe ich immer noch nicht. Vielleicht, weil ihm in den Sinn gekommen war, dass es eine ziemlich behinderte Projektwoche wäre, wenn am Schluss keiner den Blog veröffentlichen würde. «Wer will starten?» Niemand. «Lynn?» – «Nicht unbedingt.» – «Sonst?» Seine Finken quietschten, weil er auf den Zehenspitzen rauf und runter ging. Sonst war es still. Es schauten glaub alle darauf, nicht zu laut zu schnaufen. Und als sich nach hundert Jahren immer noch keiner gemeldet hatte, drehte er durch. «Ist euch eigentlich klar, was für ein Projekt ihr gewählt habt?» Dann war es noch stiller. «EIN BLOGGG. Und was ist ein Blog? Dani?» Ohne auf eine Antwort zu warten, schrie er weiter: «ÖFF-EN-TLICH! Zum LESEN. Man könnte meinen, ich würde euch foltern. Dabei solltet ihr euch das ja gewöhnt sein. Ihr postet ja nonstop Selfies aus den Ferien oder was weiss ich von wo. Aber wenn ihr EIN-MAL einen Satz aus eurem BLOGGG», dann musste er schlucken, «vorlesen sollt ...» Nichts. «NICHTS! Dabei seid ihr ja so aufgewachsen, dass ihr immer ALLEN ALLES zeigen müsst!» Ich weiss nicht, ob er das sagte, weil er so aggro war, oder ob er wirklich glaubte, dass jemand auf Facebook schreiben würde, dass er ein Projekt genommen habe, nur weil er verliebt in eine sei. Und ob er glaubte, dass ein Blog das Gleiche ist wie ein Foto von den Ferien. «Morgen lesen alle!», sagte er. «Wer nicht mindestens eine Seite vorliest, marschiert zu Sieber.» Das ist der Schulleiter, der aussieht wie eine Gottesanbeterin, weil er fast keinen Kopf, dafür eine Riesenbrille hat. Gilgen schaute mich an. «Gut!» Was «gut» heissen sollte, wusste keiner. Es konnte auf jeden Fall nicht sein, dass wir schon nach Hause konnten. Darum fingen alle wieder leise an zu schreiben. Und weil das Einzige, was man hörte, Gilgen war, der seine Sachen packte, konnte ich natürlich nicht mit Lynn reden. Also schrieb ich weiter. Und inzwischen ist Gilgen gebogen. Und Lynn auch. Und beim Schreiben dachte ich ja noch, dass ich vielleicht reagieren und ihr sofort nachrennen sollte. Aber jetzt sitzen der Ork und ich noch alleine da. Und irgendwie stimmt es, was ihr jetzt denkt: Dass ich selber schuld bin, dass das mit ihr jedes Mal in die Hose geht.

DONNERSTAG

WENN IHR WÜSSTET, WO ICH JETZT BIN!

Ich ass gestern bei Babs zu Mittag, was eigentlich schnurz ist, ausser, dass es ihn nervte, dass ich nur ja oder nein sagte, weil ich daran herumhirnte, was ich jetzt machen sollte mit Lynn. Dann ging ich heim und hörte WHERE DID YOU SLEEP LAST NIGHT. Im Kurt-Cobain-Film heisst es, dass er das sang, weil er glaubte, dass seine Frau fremdging. Und seit ich das weiss, tut er mir immer leid, weil er extra ein Lied singen musste, nur damit seine Frau endlich sagte, dass sie mit einem gebumst habe. Plötzlich schrieb mir jemand auf Facebook. «Heij», stand da, und ein Emoji mit roten Backen. Mein Herz klopfte. Zuerst wollte ich schon «Hey» zurückschreiben, dann dachte ich, dass ich ja nicht das Gleiche schreiben konnte wie sie. Nur war «Hallo» oder «Huhu» ja mindestens doppelt so dumm. Dann sah ich, dass es gar nicht Lynn, sondern Tabea war, der Zwilling vom Projekt, die geschrieben hatte. «Wie läuft's?» Am liebsten wäre ich wieder gestorben. «Weisst du schon, was du vorliest?» Das Gute war, dass ich wegen Tabea so aggro wurde, dass ich sofort Lynn schrieb und fragte, ob sie jetzt komme oder nicht. «Gell, Gilgen ist dein Klassenlehrer?», fragte Tabea. Dann stand nebendran tatsächlich, dass Lynn etwas am Schreiben war. Es lief jetzt SOMETHING IN THE WAY, und ich spürte mein Herz in den Ohren klopfen, kein Scheiss. Dann ging die Meldung wieder weg. Tabea schrieb, dass Gilgen nerve. Dann Lynn: «Heei!» Und Tabea: «?.» Dann wieder: LYNN WYSS SCHREIBT. Dann wieder nichts. «Ich kann nicht, ich fliege am Freitag nach USA! Du??»

SOMETHING IN THE WAAAY!

SOMETHING IN THE WAAAY, YEEEAH!

Ihr müsst euch das Lied mal geben, wenn ihr wissen wollt, wie es war, dass sie nicht an die Party kam und die ganzen Ferien weg war. Und wie still es wurde, als ich den Laptop zuklappte und die Musik aufhörte. Der Ventilator drehte kurz durch, dann stellte er ab. Ich hockte am Pult und starrte so lange geradeaus, bis das Bild in meinen Augen verschwamm. Dann ging ich runter zu Andi.

«Andi?? Bist du da?!» Ich hämmerte an seine Garage. «Junge?» Das Schloss quietschte, und das Tor rumpelte rauf. Er sass wieder auf dem Sofa, und kiffte, als ich reinkam. «Mach wieder zu.» – «Darf ich?» Er nahm ein paar Züge, um mir zu zeigen, dass es sein Gras und seine BAR war, wie er der Garage neuerdings sagt. Dann gab er mir den Joint und fing an, etwas über Rimini zu erzählen, und dass sein Bruder mit seinen Kollegen da hingehen werde. «Und wo ist das?» – «Am Meer. Keine Ahnung. Aber weisst du, was?

Jeff hat etwas aufgetrieben mit vierzig Prozent THC.» Er nahm den Hasch vom Tisch. «Der hat zehn oder fünfzehn, der Rote zwanzig oder so. Jetzt stell dir vierzig vor.» Er lachte. «Das nimmt der nach Rimini?» – «Jap.» Ich gab ihm den Joint zurück. «Ins Flugzeug?» – «Das haben die schon viel gemacht. Das Gras in ein Smoothie, dann in ein Kaffeepack. Das ist sicher. Das Einzige, was ihnen passieren kann, ist, dass der Koffer durchleuchtet wird.» – «Dann sind sie am Arsch.» – «Nein. Die machen eben, dass der Koffer keinem gehört.» – «Was?» – «Die lassen ihn blind fliegen, also nur mit Abtrocknungstüchern drin oder so. Dass die nicht herausfinden, wem er gehört.» – «Und wie geht das?» Er gab mir wieder den Joint, und ich nahm zwei Züge. «Keine Ahnung.» Und noch einen. «Junge! Der verbrennt nicht richtig, wenn du so schnell ziehst. Du musst langsam ziehen.» Er nahm mir den Rest weg und drehte die Asche auf dem Tischchen ab. Dann zündete er ihn noch mal an. «Es geht nicht mit Lynn», sagte ich. «Was geht nicht?» – «Sie geht nach Colorado.» – «Und?» – «Sie kommt nicht an die Party.» – «Aber sie wandert nicht irgendwie aus oder so?» Er drückte den Joint aus. «Sie geht zwei Wochen in die Ferien, das scheisst mich ultra an.» – «Weisst du noch, dass ich dir gesagt habe, dass du Fischers Fritz nehmen sollst? Weil das dein Naturell wäre. Und dass du nicht wegen Lynn so einen Scheiss nehmen sollst. Das ist logisch, dass das in die Hose geht. Und weisst du, wie viele Fische wir gefangen hätten?» – «Weisst DU, wie egal mir das ist? Dass das mit Gilgonator ist, habe ich ja nicht gewusst. Und wenn du es unbedingt wissen willst: Schreiben entspricht wirklich meinem Naturell.» – «Dann bist du jetzt Dichter?» Er grinste. «Wieso kommst du überhaupt mit diesem scheiss Wort?», fragte ich. «Naturell? Stimmt doch.» Dann nahm er den Hasch, sagte, ich solle noch einen Filter machen, und erklärte, dass er zehn Fische am Tag gefangen habe, nur dass er alle wieder habe reinschmeissen müssen, weil sie zu klein gewesen seien. Es lief dieses «Hey-Hey-Hey! You're the hottest bitch in this place», das ich eigentlich mal gutgefunden hatte. Ich sagte, dass ich nicht mehr rauchen wolle und zu Hause noch etwas tun müsse. Er versuchte mich dann zu überreden zu bleiben und sagte, dass wir noch vom Roten rauchen könnten. Und als ich immer noch nein sagte, lachte er und sagte, dass ich sicher noch dichten müsse. Ich sagte «Ja, genau» und ging.

Als das Tor hinter mir zuging, kam ich mir vor wie unter Wasser, weil ich so in meinem Kopf drin war, dass ich gar nicht mehr mitbekam, was so lief und tönte, rundherum. Ich lief einfach los, auch wenn ich keine Ahnung hatte, wohin ich gehen sollte. Zwar ging ja nur Jeff nach Rimini, und Andi blieb in den Ferien da. Aber irgendwie nützte mir das einen Scheiss. Ich lief rauf zum Quartier. Der Weg war so steil, dass ich fast nicht mehr schnaufen konnte. Und die ganze Zeit musste ich daran denken, was Andi gesagt hatte. Dass das mein Naturell sein solle, am Bach zu stehen und zu warten, bis ein Fisch anbeisst, den ich eh wieder reinschmeissen muss, weil er zu klein ist. Und natürlich leiert er immer solchen Bullshit. Aber ich wusste ja wirklich nicht, was ich anderes tun sollte, als auf irgendetwas zu warten, das mir eh wieder nichts brachte. Ich meine, ich warte das ganze Jahr auf Ferien. Aber sie bringen mir ja einen Scheiss.

Kurz vor Zuhause bog ich automatisch ab und lief den Feldweg rauf zur Eiche. Ich glaube, ich schaute die ganze Zeit nur auf das Kies unter meinen Füssen. Als ich aufschaute, war ich nämlich schon an der Eiche vorbei. Ich hielt an. Ich wusste ja nicht, was ich weiter oben wollte. Ich stand dann im Gleichgewicht zwischen dem Anschiss, wieder runter-, und dem Anschiss, raufzugehen. Ich gehe sicher nicht noch mal nach Bottigen, dachte ich. Ich bin ja nicht behindert. Ich gehe da überhaupt nie mehr rauf. Ich schaute runter. «Und noch viel weniger gehe ich wieder nach Hause», sagte ich. «Hundertprozent nicht.» Dann sagte ich immer wieder «Im Ernst.» «Wirklich. Im Ernst.» Ich schnaufte ein: «Im Ernst», und schaute runter zu meinem Fenster: «Im Ernst!» Ihr hättet gedacht, ich sei gestört im Kopf, wenn ihr mich gesehen hättet. Nur dass mich eben höchstens jemand sehen konnte, der gerade die Wohnung lüftete, ganz oben, als kleiner Punkt. Etwa ein Jahr stand ich in diesem Gleichgewicht wie ein Mongomat und hatte keine Ahnung, wo ich hin sollte. Darum heulte ich dann auch.

Oder fast. Es kamen nämlich keine Tränen, auch wenn ich die ganze Zeit schluchzen musste. Und am Anfang glaubte ich ja auch, dass sie noch kommen würden. Aber sie kamen nicht. Ich schlug mir ein paarmal an den Kopf, wie einer, der wirklich behindert ist. Aber nicht, weil ich so dumm war und glaubte, dass ich dann richtig heulen müsste, sondern weil ich langsam durchdrehte. Dann stand ich still und hörte mir beim Schnaufen zu. Ich fragte mich, ob das vielleicht vom Gras kam, weil das ja überhaupt nicht mehr normal war, was ich mir gerade gab. Dann hörte ich Mani in meinem Kopf sagen, dass ich doch NOCH MEHR rauchen solle. Auch wenn er das eigentlich nie gesagt hatte. «Rauch doch noch mehr!» Und ich dachte, dass ich WIRKLICH gerne etwas dabeigehabt hätte. Dann machte ich einen Schritt nach oben. Wegen Mani. Und weil ich sicher nicht nach Hause wollte. Ich gehe nach Bottigen, dachte ich. Hauptsache, irgendwohin. Dann hörte ich mich «Nein» sagen. Und ich blieb wieder stehen. Weil es logisch sinnlos war, schon wieder nach Bottigen zu diesem scheiss Brunnen zu gehen. Aber was wollte ich dann daheim? Oder morgen? Oder an Ostern? «Verdammte Scheissostern.» Ich fragte mich, wann das weggegangen war, dass ich Ostern gerne gehabt hatte. Früher fand ich Ostern nämlich immer das Geilste. An einem Abend vor Ostern stürmte ich sogar mal so lange, bis Mam durchdrehte und mich anschrie: DASS DER OSTERHASE DAS OSTERNESTCHEN ERST IN DER NACHT BRINGE!

Das war bei den Verwandten in Clavau, und Mam musste sich dann vor ihnen entschuldigen, die in der Küche sassen und ihren Wutausbruch gehört hatten. Ich musste sofort ins Bett. In der Nacht erwachte ich dann und dachte, dass der Osterhase jetzt gekommen sein musste, weil ja jetzt Nacht war. Und ich fing an, das Haus zu durchsuchen. Irgendwann stand Mam verschlafen vor mir und fragte, was ich da machte. Ich sagte: «Osternestchen suchen.» Dann nahm sie mich unter den Arm und tat mich zu Babs und sich ins Bett. Ich wusste nicht, warum jetzt immer noch nicht Ostern war. Erst als ich am nächsten Morgen erwachte und Mam auf dem Bett hockte und meinen Kopf streichelte, war es eindeutig. Durch das Fenster kam kühle Luft und Sonne rein. Ich verstand, dass das in der Nacht nicht Ostern gewesen sein konnte. Und das am Abend schon gar nicht. Jetzt aber war Ostern. Da war ich mir hundertprozent sicher.

Jetzt ging es schnell, und es kamen die Tränen und alles. Aber nicht, weil es mir erst recht beschissen ging. Sondern, weil ich einen Blitz spürte, im Herz. Und der Blitz durch meine Arme und Beine und meinen Schwanz und alles schoss. Und ich ultra den Freudenschub bekam, plötzlich. Und ich so glucksen musste wie ein kleines Baby. Weil ich nämlich einen Plan hatte und dachte, dass das der beste Plan war, den überhaupt jemand auf der Welt je gehabt hatte. Und noch während mir Tränen kamen, ging ich wieder an der Eiche vorbei, runter. Ich wollte nicht nach

Bottigen. Ich wollte nicht nach Hause. Ich wollte weg. Weit weg. Dann rannte ich los.

GEBOGEN WIE BANANE

Logisch hatte sich daheim in der Zwischenzeit nicht viel verändert. Eigentlich gar nichts. Gleich war überhaupt nichts mehr so wie vorher. Ich weiss nicht, ob ihr das kennt. Ich war ja gerade noch am gleichen Pult gesessen und hatte von Tabea und Lynn Nachrichten bekommen, die so beschissen gewesen waren, dass ich kurz mein ganzes Gespür verloren hatte, wenn es das überhaupt gibt. Ausser dass ich eben wusste, dass ich sofort zu Andi musste, wenn ich nicht allein im Zimmer hocken wollte, wenn das Gespür irgendwann wieder zurückkam. Und jetzt stand ich so euphorisch da und fand das Pult und den Stuhl und die Pinnwand plötzlich ultra sympathisch. Ich holte den Rucksack aus dem Schrank, den mir Babs in der Dritten für ein Lager geschenkt und ich seitdem nie mehr gebraucht hatte, packte Kleider, Drehzeug und Laptop ein und dachte, dass ich ein Buch mitnehmen sollte, weil ich im Hirn Mam sagen hörte, dass ich nicht vergessen solle, ein Buch mitzunehmen. Zum Glück kam mir dann aber rechtzeitig in den Sinn, dass ich eh nie im Leben lesen würde und darum auch kein scheiss Buch brauchte. Dafür nahm ich mir im Bad hinter Mams Binden zweihundert Franken für den Zug. Die Zahnbürste vergass ich. Dafür vergass ich nicht, Ninu tschüss zu sagen. Und das war wichtig. Weil ich beim Tschüsssagen irgendwie glaubte, dass die Katze es gut fand, dass ich verreiste. Und ich darum auch kein schlechtes Gewissen mehr haben musste.

Als ich dann mit dem Ticket wie ein Mongo am Perron stand, fragte ich mich plötzlich, wie dumm ich war. Weil ich auf dem anderen Gleis Frau Rohner sah, bei der ich in die erste Klasse gegangen und die die beste Lehrerin gewesen war, die ich je gehabt hatte, weil sie auch noch so hübsch ist, dass es mich jetzt noch anscheisst, dass ich ihr mal unextra das Turnsäckchen an den Kopf geschwungen habe. Aber darum geht es gar nicht. Sondern, dass ich es zwar schaffte, sie nicht anzuschauen, ich dafür plötzlich nicht mehr wusste, warum ich überhaupt dastand und wie ich auf die Idee gekommen war zu verreisen. Und dass meine ganze Freude darum kurz weg war. Wenn der Zug Frau Rohner dann nicht gerade von mir abgeschnitten und die Zugtür genau vor mir gehalten hätte, wäre ich glaub wieder zur Eiche gerannt. Jetzt dachte ich zum Glück aber, dass mich alle am Arsch lecken konnten. Und ich stieg ein.

Bis nach Bern stand ich die ganze Zeit, weil ich so aufgeregt war. Und am Bahnhof ging ich in den Mac.

Im Zug nach Zürich hatte es dann so viele Leute,

dass ich neben einen dicken Mann hocken musste. Irgendwie waren nur Geschäftsleute im Zug, und ich war mit Abstand der Jüngste. Und genau in der Sekunde, als wir abfuhren, bekam ich wieder ein Scheissgefühl. Weil ich Mam logisch nicht gesagt hatte, dass ich abhaute. Und Babs noch weniger. Und Gilgen morgen auf Mams Handy anrufen und fragen würde, wo ich sei, und Mam sagen würde, in der Schule, und so weiter. Dann kam mir in den Sinn, dass sie eh nicht abnehmen würde, weil sie sicher gerade daran wäre, einem den Magen auszupumpen, und dass ich jetzt den Big Mac essen könnte. Und der half dann. Und dass ich eine Zigi drehte und sie auf die Armlehne legte, obwohl wir noch nicht einmal in Olten waren. Und dass ich Nirvana reintat. Und vielleicht nervt es euch, dass es immer so hin und her ging, aber am liebsten hätte ich schon wieder mitgeschrien vor Freude: «You know you're riiiiiiight!!!! You know you're riiiiiiight!!!!» Ich sagte Mam sicher nichts. Null. Ich wusste ja auch nicht, was ich ihr hätte sagen sollen. Ausser vielleicht, dass das mein NATURELL sei, einfach abzuhauen. Zu biegen wie Banane.

Der Zug nach Chur war alt und dreimal leerer als der vordere. Ich hockte mich zu einer blinden Frau mit Blindenhund. Sie war vielleicht sechzig oder fünfzig, und ihr Hund schaute aus wie ein riesiges Plüschtier mit einem Blindenhundedings an. Darum wusste ich überhaupt, dass sie blind war. Und darum war ich da auch abgehockt. Weil sie halt nicht sehen konnte, dass das Nebenabteil leer war, und darum auch nicht denken konnte, dass ich da sass, weil ich Schiss hatte, allein in ein Abteil zu sitzen. Sie hatte eine Sonnenbrille an und eine riesige Goldmuschel in den Haaren und so lange Beine, dass ich gedacht hätte, dass sie mal Model gewesen wäre, wenn sie keinen Blindenhund gehabt hätte. Ich starrte sie so lange an, bis sie mich etwas fragte, das ich nicht verstand, weil ich Musik drin hatte. Und als ich die Ohrstöpsel rausnahm, fragte sie mit einer ultra rauchigen Stimme, wie ich heisse. Ich fragte mich, ob sie wegen dem Hund wusste, dass ich die Ohrstöpsel rausgenommen hatte. «Lanz», sagte ich und fragte, ob sie blind sei. Und logisch war das Smalltalk. Aber ja. Sie sagte nein. Und am liebsten hätte ich sofort Abteil gewechselt. «Mariuschla, freut mich», sagte sie in krassem Churerdialekt und gab mir die Hand. «Ich bilde ihn nur aus. Gell!» Dann wuschelte sie dem Hund den Kopf. «Dass das ein Blindenhund ist, hast du schon richtig gesehen.» Dann fragte ich sie, ob sie vorher Model gewesen sei, weil ich ihr sagen wollte, dass ich sie sicher einmal hübsch gefunden hätte. Dann lachte sie wie eine Hexe. «Wäre ich schampar gerne gewesen, früher. Da hast du recht.» Ich lachte auch, damit sie nicht meinte, dass ich keinen Humor hätte. «Wieso bist du dann nicht Model geworden, wenn du Model werden wolltest?» Und sie musste zugeben, dass das nicht die dümmste Frage war. «Früher war das eben keine Möglichkeit. Das Grösste, was man als junges Mädchen machen konnte, war ein Haushaltsjahr in Paris.» Logisch fragte ich dann, warum sie nicht immerhin so eins gemacht habe, aber sie hatte so eins gemacht, mit sechzehn. «Etwa in deinem Alter», sagte sie und fragte dann, wie alt ich überhaupt sei. Ich glaube nicht, dass sie glaubte, dass ich sechzehn war, weil mich nie jemand zu alt schätzt, und sie dann sogar erstaunt war, als ich sagte, ich sei vierzehn, weil sie wahrscheinlich geglaubt hatte, ich sei zehn. «Und wie ist es da gewesen?» – «Fuuuuurchtbar! Wirklich fuuurchtbar, dieses Paris.» Sie habe jeden Tag den Haushalt machen und zu zwei kleinen Kindern schauen müssen. «Ausgang gab es nie. Ich hatte furchtbares Heimweh und schrieb die ganze Zeit Briefe an Mama und meine kleine Schwester. Nicht geschenkt noch mal, diese Zeit, wirklich. Ich war nur noch froh, als ich wieder nach Hause konnte.» Sie lachte wieder. «Das Beste war, dass ich dann so tun musste, als ob ich das Jahr genossen hätte. Vor allem vor Papa, der mich immer gefragt hatte, was ich ausgerechnet in Paris wolle, und ob ich denn glaubte, dass die Kinder da nicht in die Hose scheissen würden! Hahaha!» Aber sie hätte ja auch als Model entdeckt werden können, und das sagte ich ihr dann auch. «Gott bewahre! Nein!» Sie bückte sich zum Hund, der mit dem Kopf auf dem Boden lag und wuschelte ihn: «Gell, du? Model! Das wäre nichts für uns gewesen. Dann haben wir es besser so.» Sie schaute rauf und sagte noch einmal auf Menschensprache: «Es ist besser so, wie es ist.»

Natürlich fragte sie mich dann, wo ich hinginge. Und weil mir nichts Gutes in den Sinn kam, sagte ich einfach, ich müsse an die Beerdigung von meinem Grossvater. Mam warte in Chur auf mich. Sie sagte sorry und alles. Und logisch konnte ich ihr dann nicht mehr in die Augen schauen, weil ich so ein schlechtes Gewissen hatte. Und wahrscheinlich merkte sie darum auch, dass ich sie angelogen hatte und eigentlich abgehauen war. Darum schaute ich von da an nur noch raus, beobachtete, wie es langsam dunkel wurde und nervte mich, dass ich so einen Scheiss gesagt hatte. Vielleicht war mir das mit der Beerdigung in den Sinn gekommen, weil ich mir manchmal, wenn wir nach Clavau gingen, vorstellte, dass der Bahnhof in Zürich eine Art Vorhimmel wäre. Und dass alle Leute, die gerade von einer Beerdigung kämen, da warten müssten. Weil man sich da von den Toten verabschieden würde. Komischerweise glaubte ich immer, dass man erst wieder heimgehen dürfte, wenn man eine Woche am Bahnhof gewohnt hätte. Und das gab mir immer ein gutes Gefühl. Weil ich so Schiss hatte, dass Mam und Babs sterben würden. Aber so würde ich im Vorhimmel Kollegen treffen, die auch grad ihre Eltern beerdigt hätten. Und wir könnten da eine Woche lang zusammenwohnen. Und vielleicht wäre es dann nicht ganz so schlimm.

Der Zug für nach Clavau war seit dem letzten Mal ausgewechselt worden. Vorher war es immer der ultimativste Klapperzug gewesen, in dem man die Fenster runterziehen konnte. Das war immer das Geilste. Vor allem im Winter. Als ich klein war, lehnte ich mich dann raus, und Mam hielt mich an den Füssen, und ich blinzelte so gegen den kalten Wind, dass mir die Tränen kamen und ich fast erstickte. Drin musste ich Luft holen und draussen pfiff der Zug in den Kurven. Mit einem Schlag kam manchmal ein Tunnel, dann war es wie im Krieg, dass, wenn ich schrie, ich den Schrei gar nicht hören konnte und mir Schnee in die Augen flog wie im grössten Schneesturm. Irgendwann spürte ich mein Gesicht nicht mehr. Dann sagte ich Babs, er solle SOFORT das Fenster zumachen, und ging mit meinem Kopf unter den Pulli von Mam, wo sie die Hand drauflegte, als ob sie schwanger gewesen wäre. Alles kribbelte. Und Babs nervte sich manchmal. Aber sagen tat er nie etwas.

Jetzt war es so warm und so ruhig, dass ich fast sofort nach Chur einschlief.

WIR MÜSSEN SIE ERSCHIESSEN

Der Bahnhof in Clavau ist eigentlich kein richtiger Bahnhof, sondern nur ein Betonklotz mit einem Bänkchen drin und einem Schild vorne dran, wo draufsteht, dass man hier keine Billette kaufen kann. Ich war der Einzige, der ausstieg. Vor mir sah ich die drei berühmten Berge von Clavau, von denen ich mir die Namen nie merken kann, weil sie romanisch sind. Wahrscheinlich kennt ihr sie nicht, weil sie glaub nur für mich berühmt sind, weil ich sie halt immer als Erstes sehe, wenn ich aus dem Zug steige. Jetzt waren sie blau und hell vom Mond, wie in einem Film, in dem man alles genau sieht, obwohl Nacht ist. Ich musste warten, bis der Zug weggefahren war, dann lief ich über das Gleis zum Feldweg, der zum Haus von den Verwandten geht. Der Weg kam mir nicht so ewig vor wie normal, weil ich ausnahmsweise keinen Rollkoffer über die Kieselsteine ziehen musste. Vielleicht muss ich da noch sagen, dass wir eigentlich immer drei- oder viermal im Jahr hierherkommen. In den Weihnachtsferien wegen Weihnachten, in den Sportferien zum Skifahren, in den Sommerferien zum Heuen, und früher meistens auch an Ostern. Jetzt bin ich aber seit über einem Jahr nicht mehr da gewesen. Weil wir seit der Siebten keine Sportferien mehr haben. Und weil ich mit Mam in den letzten Weihnachtsferien eigentlich hätte kommen sollen, dann aber nicht wollte, weil Andi sturmfrei hatte und fragte, ob ich bei ihm in die Ferien wolle, und wir sie dann mit FIFA verzockten. Was übrigens geil war. Weil ich zum ersten Mal selber sagen durfte, was ich in den Ferien machen wollte, und wir zur Abwechslung mal nicht in der Garage, sondern im Wohnzimmer auf einem Curved-TV gamen konnten. Und weil ich sonst nie herausgefunden hätte, dass FIFA ein Talent von mir ist. Weil ich am Schluss nämlich sogar mit dem FC Vaduz gegen sein scheiss Borussia gewann. Aber egal. In den letzten Sommerferien war ich mit Babs im Piemont, weil ich natürlich nicht immer nur mit Mam in die Ferien kann. Zweimal wegzugehen schiss mich an. Und an Ostern kommen wir schon lange nicht mehr, keine Ahnung, warum. Aber darum war ich halt das letzte Mal im Winter vor einem Jahr da. Das waren aber schöne Ferien. Weil es null Schnee hatte. Ich hängte die ganze Zeit nur daheim und schaute mit Gian TV oder ging mit ihm in den Stall und machte jeden Scheiss, den er mir vorschlug. Noch besser war aber, dass Ciara eine Freundin hatte, und sie an einem Abend neben mir aufs Sofa hockten und mich fragten, ob ich rauchte. Und klar rauchte ich nicht. Aber logisch sagte ich ja. Dann gingen Ciara, Simona und ich in einen Schweinestall, wo nur Plastikkübel und Rechen und so Zeug drin war. Da rauchte ich meine erste Zigi. Dann kam so der Moment, in dem glaub alle drei dachten, dass wenn Ciara jetzt weg wäre, Simona und ich uns vielleicht küssen würden. Aber leider musste Ciara gerade nicht aufs WC, und nachdem wir etwa ein Jahr am Fresstrog herumgestanden und geredet hatten, war der Moment dann vorbei. Trotzdem war ich kurz ultra verliebt in Simona und schrieb sogar mit ihr. Aber nach dem hundertsten «Hallo» und «Wie geht's?» und «Was machst du so?» hörten wir wieder auf, einander zu schreiben. Und dann dachte ich auch fast gar nie mehr an sie.

Im Haus war niemand. Mindestens auf dieser Seite nicht, wo Ciara, Gian und ihre Eltern wohnen. Es konnte gut sein, dass alle drüben bei den Grosseltern am Essen waren. Weil Tatta halt immer für alle kocht, weil von den Eltern keiner die Bauersfrau sein will, weil Anna eigentlich der richtige Bauer wäre, weil ihr der Hof gehört, Mike aber logisch keine Frau sein will, und darum beide immer im Stall sind. Trotzdem wollte ich nicht alleine rüber. Weil es auch sein konnte, dass alle in der Kirche an einer Choraufführung waren, ausser Tat. Weil sie im Dorf die ganze Zeit Zeug haben, wo alle hinmüssen, egal wie fest es sie anscheisst. Und logisch kennen Tat und ich uns. Und eigentlich ist er sogar netter als Tatta, die überhaupt nicht nett ist. Aber er sagt halt etwa einen Satz pro Tag. Und sonst liest er nur Zeitung und schläft und schaut gleichzeitig TV, weil fernsehen alleine sogar für ihn zu langweilig ist. Aber weil es irgendwie auch komisch war, in ihrem Haus zu sein, ohne dass sie es wussten, liess ich den Rucksack da und ging raus. Ich lief quer über die Wiese, runter zum Stall. Die Luft war irgendwie warm, und Schnee hatte es auch keinen. Über den Bergen schaute ein bisschen vom Mond raus, und der Stall mit dem Anbau, wo die Kühe drin herumlatschen können, dass sie Bio sind, stand genau darunter.

Ich machte die Holztür auf. Drin war es düster. Nur ein Lämpchen leuchtete hinter dem Heu, das bis zum Dach aufgetürmt war. Rundherum waren gerade abgeschnittene Heuwände, und in der Mitte war ein weicher Haufen. Da oben hatten Gian und ich mal gegeneinander gekämpft. Wir lagen vor der Klippe, von wo es drei Meter runterging, bis der Heuhaufen kam. Irgendwann fielen wir und kämpften sogar noch im Flug weiter. Das glaube ich mindestens. Dann landeten wir neben Anna, die daran war, Heu durch das Törchen im Boden in den Kuhstall zu werfen. Durch dieses Loch prügelten wir uns dann einen Stock weiter runter, bis wir vor den Kuhköpfen lagen, wo ich aufgeben musste, weil ich kurz meinte, dass ich blind geworden sei, weil ich so viel Heu in den Augen hatte.

Plötzlich hörte ich etwas aus dem Stall. Und zuerst hatte ich wieder den Kinderschänder im Kopf. Wahrscheinlich war es aber einfach Anna. Ich ging über die Holztreppe runter und schaute auf halber Höhe über die Kühe, die mit speziellen Ketten an Eisenstangen festgemacht waren. Bei der hintersten stand nicht nur Anna, sondern auch Mike und Gian und Ciara und Cesar, der Boxerhund. Sie sahen mich nicht. Sie schauten alle auf die Kuh, die gerade ultra am Durchdrehen war und mit den Halsketten an die Stangen schlug. Ich hatte keine Ahnung, was los war. Nach ein paar Minuten gab ich mir einen Ruck und ging an den Kuhärschen vorbei zu ihnen. Cesar sprang zu mir und wedelte mit seinem Schwänzchen, das sein vorheriger Besitzer fast ganz abgeschnitten hat. Ich verschränkte die Arme, weil ich Angst hatte, dass er mich zum Spass biss. Dann sah mich Ciara und erschrak. Sie sagte etwas auf Romanisch und «Lanze» und zeigte auf mich.

Ich winkte, sagte hallo, und ging möglichst schnell an Cesar vorbei zu ihnen. Gian grüsste wie ein Soldat und schlug mir auf die Schulter. Ciara und Mike gaben mir die Hand. Anna sagte: «Wart schnell», und schaute wieder auf die Kuh. Sie hatte irgendwie ein Bein eingeklemmt. Ich wusste nicht, wie das ging. Das rechte Vorderbein steckte zwischen Holzboden und Fresstrog. Vielleicht, weil das Holz eingebrochen war. Anna und Mike versuchten die Kuh rauszureissen, und sie muhte wie gestört und schüttelte sich und schlug mit dem Kopf an das Eisen. Die anderen Kühe checkten einander hin und her, weil es sie so stresste. Dann schaffte es Mike endlich, das Bein loszubekommen. Die Kuh versuchte dann ein paarmal abzustehen, aber der Fuss knickte immer wieder ein, dass sie zuerst fast auf Mike fiel und ihm sein Cap runterschmiss. Dann fand sie das Gleichgewicht zum Glück wieder und blieb auf dreieinhalb Beinen stehen. Mike fluchte, Anna gab ihm das Cap, und ich schaute zu Gian. «Die muss man erschiessen», sagte er, und ich schaute verwirrt zu Ciara. Sie zuckte mit den Schultern: «Jo, was willst du denn sonst machen?» Ich hatte keine Ahnung, was man sonst machen sollte, nur fand ich erschiessen schon recht übertrieben. Ciara fing dann an zu heulen, und dann war mir klar, dass man keinen Gips oder so machen konnte. Ich wusste nicht, ob ich jetzt sorry oder etwas sagen sollte, weil es für sie glaub wirklich schlimm war, dass sie sie erschiessen mussten, weil sie die Kuh halt zweimal am Tag melkten und sie darum besser kannten als zum Beispiel mich. Ich sagte dann nichts. Und Mike telefonierte mit dem Metzger. Er wurde innerhalb von zehn Sekunden ultra wütend und Anna stand nebendran und rief etwas auf Romanisch mit «typisch», ins Handy. Dann hängte Mike auf, und alle diskutierten herum, bis mir Mike übersetzte, dass der Metzger die Kuh nicht schlachten wolle. «Er sagte, er habe mehr als genug Fleisch. Jetzt müssen wir den Tierarzt rufen.» Und ich dachte, dass ich ja noch gedacht hatte, dass man eine Kuh nicht jedes Mal erschiessen muss, wenn sie ein Bein gebrochen hat. Dann so Mike: «Der schläfert sie dann ein.» Ciara heulte noch fester, und ich stand dumm herum, während alle auf Romanisch diskutierten, bis nach einer Viertelstunde ein russischer Tierarzt kam, der der Kuh eine riesige Spritze in den Hals drückte. Als sie ein bisschen später umfiel, war er schon wieder parat zum Gehen, weil es ihn glaub wirklich anschiss, dass er so spät noch arbeiten musste. Die Kuh blinzelte am Boden aber noch so lange herum, dass er noch eine zweite Spritze geben musste, was Mike so aufregte, dass er sich die ganze Zeit am Bart kratzte. «Das kann doch nicht sein!», sagte er. «Das zahl ich sicher nicht, wenn du mehr als eine Spritze brauchst. Das ist doch Beschiss.» Und während die Kuh immer noch schnaufte und alles, fragte mich Gian, ob ich mit ihm kommen wolle. Das machen wir immer, dass er mich etwas fragt und ich ja sage, auch wenn ich keine Ahnung habe, was er vorhat.

Wir holten einen Traktor mit einem angemachten Gabelstapler und fuhren rückwärts in den Stall. Die Kuh war endlich tot, und ausser Anna waren alle schon weg. Wir mussten die Leiche aufladen. Gian hebelte hinter seinem Sitz, Anna hebelte mit einer Heugabel unter der Kuh, und ich schaute vom Beifahrersitz aus, ob er es schaffte, mit den Gabeln darunter zu fahren. Irgendwann schiss es ihn an, und er gab Gas. Anna rief «HELA, HELA!», was glaub hiess, dass er ein Vollmongo sei, einfach loszufahren und die Kuh aufzuspiessen. Aber Gian schaffte es mit seiner Technik, und Anna grinste und schrie mir zu: «HOCK AUF DIE KUH, DASS SIE NICHT RUNTERFÄLLT!» Und ich weiss nicht, ob das wirklich wichtig war, oder ob sie das nur sagte, weil sie nett sein wollte, weil ich so dumm herumsass. Auf jeden Fall ritt ich dann auf dem warmen Kuhbauch vors Holztor, oben am Stall, wo ich eine halbe Stunde vorher alleine reingegangen war. Es war jetzt wie am Nachmittag, als ich nach der Eiche in mein Zimmer kam: Dass sich ein Ort plötzlich verwandelt hatte. Aber ich hatte gar keine Zeit, es lustig oder komisch zu finden. Gian lud mich und den Fleischberg ab, ich sprang von der Kuh auf den Stapler, und wir fuhren in die Garage. Im Stall sagten wir Anna, dass alles paletti sei. Sie fragte, ob wir die Kuh oben bei der Strasse abgeladen hätten, ich nickte, und Gian sagte: «Wir müssen den Traktor glaub noch mal holen.» Weil die Kuh nämlich HINTER den Stall musste. Weil es logisch keine gute Werbung für die

Milch war, wenn alle Autos sehen konnten, dass eine tote Kuh vor dem Stall lag.

Ich konnte fast nicht glauben, dass es noch Nachtessen gab. Am Abend vorher war ich um die gleiche Zeit schon im Bett gewesen. Und klar war das jetzt eine Ausnahme. Bei Babs gab es das aber gleich nie. Tatta hatte etwas gekocht, das so lustig tönte, dass ich rauslachte, als sie sagte, was es gab. Leider weiss ich nicht mehr, wie es hiess. Es gab Reis mit Kartoffeln und Käse und Maggi. Und beim Essen taten zuerst noch alle, wie wenn ich schon seit ewig bei ihnen wohnen würde. Anna sagte, ich solle neben Gian auf die Bank hocken, Tatta schöpfte und sagte, ich solle stopp sagen, Mike fragte, ob Gian ihm das Maggi geben könne, Cesar lief unter dem Tisch herum, Gian sagte, er hasse den Tee, und Ciara fragte, wo meine Mam eigentlich sei. Dann war es still. «Jo, wo ist eigentlich Silvia?» Anna schaute zu Mike, von dem man das Gesicht nicht sehen konnte, weil er das Cap anhatte und so am Reinschaufeln war. «Stopp», sagte ich. «Sie muss arbeiten, und ich wusste nicht, was machen.» Ich nahm einen Schluck Tee und hoffte, dass niemand fragte, ob sie denn gar nicht mehr kommen werde. Dann Tat: «Liegt sie vor dem Stall?» Aber er meinte die Kuh. «Keine Angst, Tatti.» Anna und Gian grinsten einander an. Und ich fragte, ob das viel passiere, dass eine Kuh ein Bein breche. Dann sagten alle nein und mh-mh, dann war es wieder still. «Ist fein», sagte ich. «Gut», sagte Tatta. «Bisschen knapp», sagte Mike und zwinkerte mir zu, auch wenn ich keine Ahnung hatte, was daran lustig sein sollte.

Nachdem alle vom Tisch aufgestanden und Gian mich aus der Bank geschoben hatte, sagte Anna, ich solle bei Gian im Zimmer schlafen. «Exzellent!» Er langte sich an den Nippel. Ich hatte schon letztes Mal bei ihm auf einer Matratze geschlafen, weil ich nicht mehr mit Mam im gleichen Bett schlafen wollte. «Und du, Gian, schläfst bei Ciara.» Dann fingen die beiden an zu streiten, und es war mir peinlich, dass sie nicht mir die Schuld gaben, obwohl ich ja logisch der Mongo war. Ich fragte mich vor allem, wieso Gian nicht einfach sagte, dass wir das letzte Mal schon bei ihm geschlafen hätten und wir das ja wieder so tun könnten. Und wieso Anna sich nicht mehr daran erinnerte. Und wieso Alte es überhaupt immer schaffen, alles zu vergessen. «Er soll doch bei uns schlafen. Wir haben ja Platz», sagte Tatta dann. Mit Mam schlief ich nämlich auch immer bei ihr. Sie besprachen das auf Romanisch, und ich hoffte, dass Anna nein sagte, weil ich immer noch lieber der Idiot war, als alleine bei Tatta schlafen zu müssen. «Ist das gut für dich, Lanze?» – «Klar.» Und ich nervte mich, dass Gian immer noch nichts sagte.

Tatta kam mit mir rauf zum Zimmer, das sie alle «Kiste» nennen, weil die Wände, der Boden, der Schrank, der Tisch und das Bett aus Holz sind. Es roch nach Waschmittel und Rauch. «Das Bettzeug ist frisch, musst es nur noch anziehen.» Ich sagte «Engraziel», was das einzige Wort ist, das ich auf Romanisch kann. Dann legte ich den Rucksack auf das Bett und ging um das Haus herum zu den anderen. Gian war in der Stube am Fernsehen. Ich hatte überhaupt keine Lust auf TV. Ich wollte lieber eins kiffen, aber ich getraute mich nicht, Gian zu fragen, weil er dann vielleicht gefragt hätte, ob ich eigentlich dumm sei, kiffen zu wollen, wenn die Eltern da seien. Und wenn ich schon alleine bei Tatta schlafen musste, konnte ich ja auch einfach warten, bis alle schliefen. Aber das wäre ja dann gewesen, wie daheim. «Gian …» Ich hielt einen unsichtbaren Joint an den Mund. Er bewegte die Lippen und fragte ohne Ton: «RAUCHEN?» Ich nickte, auch wenn ich nicht genau das gemeint hatte. «Ciara! Komm schnell.» Dann bereute ich kurz, dass ich gefragt hatte, weil ich jetzt glaubte, dass er nicht kiffte, und ich ihn in eine Scheisssituation gebracht hatte. Auf der anderen Seite hatte er mich schon tausendmal in Scheisssituationen gebracht. Zum Beispiel als er Kuhscheiss zum Miststock baggern musste und er mit geladener Schaufel und mit mir auf dem Beifahrersitz vollgas in den Misthaufen fuhr. Er grub die Schaufel einen Meter rein und hebelte so lange, bis wir vom Boden abhoben und in der Luft über allem schwebten. Er sagte sogar, dass man das MÜSSE, weil der Haufen sonst nicht richtig zusammengedrückt werde. Dann liess er uns runter, füllte im Stall die Schaufel, fuhr nach draussen und murkste uns wieder rauf. Ich fand das halb lustig, halb schiss ich mir in die

Hose. Noch fast behinderter war aber, als er mir sagte, ich sei schwul, wenn ich mich nicht getrauen würde, einen Spezialhandschuh anzuziehen und meinen Arm bis zur Schulter in eine Kuh zu stossen.

Ciara kam her und fragte etwa mit einem Dezibel Lautstärke, ob ich denn Zigis hätte. Ich nickte wie James Bond. Und da frage ich mich schon, wie das geht, weil ich daheim ja auch nicht das Gefühl habe, ich sei ultra der Geheimagent, wenn ich rauche. Dann gingen wir in den Schweinestall.

«Waren wir nicht schon letztes Mal da?» Ich wusste logisch, dass ich hier fast Simona geküsst hätte, aber ich getraute mich noch nicht zu fragen, ob sie kiffen halfen. «Doch doch, mit Simona.» Ciara stiess mich mit dem Ellbogen an. «Sie hat sich imfall in dich verliebt. Aber jetzt ist sie es glaub nicht mehr.» Ich lachte und tat, als ob ich es mir gewöhnt wäre, dass sich die Mädchen immer alle sofort in mich verliebten. Und natürlich sagte ich nicht, dass ich mich in sie zurückverliebt hatte. «Kifft ihr eigentlich?» – «Ich wusste, dass du kiffst!» Ciara zeigte mit dem Daumen auf Gian: «Er kifft nicht.» – «Klar schon! Nur nicht so viel wie du.» Ich nahm das Gras aus der Jacke. «Können wir hier?» Ciara machte so ein Gesicht, und Gian so: «Eh.» – «Gian!» Er zuckte mit den Schultern, und Ciara sagte, ich dürfe es einfach keinem sagen. «Klar nicht.» – «Und wenn schon», sagte Gian und versuchte Rauchringchen zu machen. Ich dachte an Andi, den es nicht einmal stresste, wenn seine Mam in die Garage kam, wenn wir am Kiffen waren. Ciara machte einen Filter, Gian ging raus und kam mit einem Plakat zurück, auf dem Werbung für die Fasnacht war. Darauf konnte ich das Gras rüsten.

«Habt ihr eigentlich schon Ferien?» Wir hockten auf dem Rand vom Fresstrog. «Jup, drei Wochen», sagte Gian. «Du?» Ich schüttelte den Kopf und nahm einen Zug. Ciara schaute verwirrt zu Gian, dann zu mir: «Warum bist du dann da?» Aber weil ich das nicht richtig sagen konnte, sagte ich einfach «Anschiss», wie Lynn. Sie wussten glaub, was ich meinte. «Nein, wirklich. Wir hatten so eine scheiss Projektwoche. Also eigentlich hätten wir sie immer noch. Die Ferien fangen erst übermorgen an, weil wir halt nur zwei Wochen haben.» Ich gab Gian den Joint, und Ciara fragte, ob ich denn nicht in der Schule sein müsste. «Doch, logisch. Ich bin halt krank.» – «Das macht Gian mit seinem Kolleg auch immer, dass er krank ist.» Gian grinste und hielt den Daumen rauf. «Jetzt im Ernst …» Es freute mich ultra, dass wir hier am Rauchen waren und ich morgen nicht zu Gilgi musste. «Es ist doch einfach der Anschiss, manchmal.» – «Logisch», sagte Ciara. «Logi…», sagte Gian und hustete los.

LETZTER TAG

TACK. TACK. TACK.

Als ich am nächsten Morgen in der Kiste aufwachte, fing ich im Bett sofort an, euch zu schreiben. Seit ich das letzte Mal geschrieben hatte, hatte ich ja mehr erlebt, als sonst im ganzen Blog vorkam. Beim letzten Eintrag war ich ja noch in der Schule gewesen und hatte euch erzählt, wie Gilgen gerade durchgedreht war. Dann sagte mir Lynn ab, Andi nervte in der Bar, ich hirnte auf der Eiche herum und schlief am Abend bekifft in diesem Bett ein. Das musste ich euch alles erzählen. Das Dumme war, dass nach etwa einem Satz Gian reinstürzte: «UELAAAAA!» Ich versuchte, möglichst unmotiviert «Hey» zu sagen, dass er nicht noch glaubte, dass ich mich freute, wenn er jetzt wieder mit einer Scheissidee kam. Er verkündete dann, dass wir Maulwurfshügel kaputtmachen MÜSSTEN. Und klar sagte ich nein. Aber logisch verstand er nicht, warum ich ausgerechnet schreiben wollte, wenn ich ja von der Projektwoche abgehauen war. Und klar hätte ich ihm einfach sagen können, dass ich euch noch unbedingt sagen möchte, dass ich abgehauen sei. Dann hätte er aber gedacht, ich sei schizo. «Ich bin nicht abgehauen, weil mich schreiben anscheisst, sondern weil der Lehrer ein Arschloch ist.» – «Also bist du ein Streber.» Dann kam Ciara rein. «Er hat Strebitis», sagte Gian. «Fick dich.» – «Dann kannst du ja mitkommen.» – «Ich muss noch schreiben, dass ich abgehauen bin.» – «Dann hast du Strebose.» – «Er hat recht, dass, wenn du nicht kommst, dass du Strebitis hast», sagte Ciara. Also gab ich zu, dass es stimmte, damit sie endlich gingen. Aber Gian klappte mir den Laptop zu. «Ich helfe noch hundert Jahre lang mit euch Sachen machen, wenn ich fertig bin. Das geht nicht mehr lange.» – «Gut, wir kommen dich in fünf Minuten holen.» Gian rannte die Treppe runter, Ciara ging ihm nach, und ich schaute, ob ich das Zimmer schliessen konnte. Und das wäre tatsächlich gegangen. Wenn ich einen riesigen Eisenschlüssel dabeigehabt hätte. Also tat ich die Tür zu, und schrieb los, bis ich auf der Eiche in diesem Gleichgewicht stand, und nicht wusste, wo ich hinwollte. Dann ging die Tür wieder auf, und dahinter war niemand. Ich sagte nichts, damit sie nicht noch dachten, dass ich das lustig fand. Dann zwitscherte jemand los wie die behindertste Amsel. Ich schaute hinter die Tür, wo nur Gian stand: «Ich komme später», sagte ich, «Im Ernst», so wie ich auf der Eiche hundertmal «im Ernst» gesagt hatte. Er nahm mich in den Schwitzkasten und rubbelte mit der Faust über meinen Kopf. Ich tat, als ob ich es lustig gefunden hätte, weil ich nicht immer der Spielverderber sein wollte. Dann schlug ich ihm mit dem Ellbogen in den Bauch, und er liess mich mit einem Gestöhn frei. «Im Ernst,

Gian, ich komme grad! Aber lass mich. Wo geht ihr überhaupt hin?» – «Das kennst du nicht. Mach dein Dings morgen und komm einfach.» Er wusste, dass ich eh nicht kommen würde, wenn ich fertig wäre. «Du bist wie mein Arschlochlehrer», sagte ich dann. «Der sagt auch immer, was ich machen muss.» Und das half. Gian schnippte mir ans Ohr und sagte: «Also, halt. Tschau Strebovsky!» Ich dachte nur noch, dass Gott endlich machen soll, dass Gian weggeht. Und noch während er in der Tür stand, fing ich wieder an zu schreiben. «Lanzi?» – «WAAAS IST?!!!» Dann ging er weg.

Beim Schreiben war ich dann noch mal im Zug und sah beim Aussteigen noch mal die drei berühmten Berge und spürte noch mal das Heu in den Augen weh tun, wie beim Fight mit Gian. Vor allem kam es mir irgendwie vor, als wären die ganze Zeit Leute da, die wissen wollten, was ich machte. Also ihr. Und solche, die wirklich mit mir gewesen waren. Also das Model. Oder die Kuh. Oder Gian. Oder Ciara. Bis wir im Stall fertig gekifft hatten. Dann lag ich plötzlich wieder auf dem Bett in der Kiste und schaute in den Laptop und war der Einzige da.

Unten schlief Tat auf seinem Fernsehsessel. In der Küche nahm ich Brot und Butter und eine selbstgemachte Wurst und hockte auf einen Stuhl. Es war ultra düster, weil ich zu dumm war, das Licht anzumachen. Darum sass ich dann im Halbdunkeln am Tisch, und an der Wand hing eine riesengrosse Armbanduhr.

Sie wurde immer lauter, je länger ich da sass. Zuerst machte sie noch Tick, dann Tack, dann TOCK, kein Scheiss. Ich dachte, dass ich vielleicht sogar dabei sein würde, wenn sie ganz anhielt, aber sie kämpfte sich immer weiter, bis ich fertiggegessen hatte. Dann sah ich auf dem Handy, dass es schon zwanzig vor vier war. Es hatte mir niemand geschrieben. Mam und Babs hatten also immer noch nicht gemerkt, dass ich weg war. Wirklich überraschen tat mich das nicht. Weil Mam am Abend vorher halt Spätschicht gehabt hatte. Und sie sicher dachte, dass ich schon im Bett war, als sie nach Hause kam. Und sie am nächsten Morgen sicher gerade einen am Beatmen war, als Gilgen anrief, wie ich es ja schon im Zug gedacht hatte. Und sie bei Margrit, bei der ich hätte mittagessen sollen, eh nie abnimmt, weil Margrit sie so lange zustusst, bis sie dreimal das Ohr gewechselt hat. Sie würde es wahrscheinlich sogar erst morgen merken, weil ich ihr nicht gesagt hatte, dass ich nicht bei Babs schlafen konnte, weil er in Ronco war. Aber auch wenn es fast logisch war, dass Mam noch nichts gemerkt hatte, war das Gefühl scheisse. Auch weil es ja eigentlich nicht als richtiges Abhauen zählte, wenn gar keiner wusste, dass ich weg war. Dann hörte ich in der Stube eine Zeitung knistern. Dann ging ich raus.

Beim Loslaufen dachte ich, dass ihr sicher lachen würdet, weil ich schon wieder spazieren ging. Weil das normal ja nur Alte machen. Und ich ja hierhergekommen war, weil ich eben nicht mehr die ganze Zeit spazieren gehen wollte wie ein Mongo. Dazu kam, dass es so nieselte, dass ich nicht einmal die Berge sehen konnte. Vor allem war es kalt, und das Gras auf den Feldern gelb und dünn und plattgedrückt, weil es da wahrscheinlich noch gerade Schnee gehabt hatte. Auf dem Weg traf ich niemand. Ich ging am Bahnhofsklotz vorbei, den Gleisen nach um einen felsigen Hügel herum, bis ich zu einer Wiese kam, die steil raufging. Weit oben waren zwei Schöpfe aus Baumstämmen, und dazwischen floss ein Bächlein runter. Ich war in dieser Jahreszeit noch nie da gewesen. Ich kannte den Hang aber vom Heuen. Er ist so steil, dass man beim Rechen so schräg herumstehen muss, dass es von weitem aussieht, als hätte man ein normales und ein Stummelbein. Und bei jedem Schritt springen einem hundert Heuschrecken ins Gesicht, und die Spinnen laufen so kreuz und quer über das Heu. Und das hasse ich dann. Vor Gian muss ich darum immer so tun, als kratzten die Viecher mich einen Scheiss, weil er mir sie sonst den ganzen Tag auf den Kopf tun würde, wie der Ciara. Einmal kam er zum Beispiel mit Weberknechten zu mir, denen er die Beine ausgerissen hatte. Und weil ich merkte, dass er merkte, dass ich Schiss hatte, musste ich die Hand hinhalten und ihm sagen, dass er sie mir geben solle. Die Beeren glotzten mich dann so an, und ich musste Ciara rufen und sie ihr anschmeissen. Nur das rettete mich vor ihm.

Während ich im Regen durch das nasse Feld rauflief, fragte ich mich, ob die Spinnen Winterschlaf machten oder ob sie alle einfach starben. Ich stellte mir vor, dass da eine Million tote Spinnen lagen und überhaupt alle Insekten tot waren. Und zuerst fand ich das noch halb lustig. Dann fing es mich aber immer mehr an zu grausen, und ich begann langsam, immer schneller zu laufen und von einem Bein auf das andere zu hüpfen, als wäre das Feld aus Lava. Aber das machte logisch alles nur noch schlimmer. Ich musste an die Heuschrecken denken, auf denen ich gerade herumtrampelte, und dass ich ihre eckigen Köpfe verdrückte und ihre Beine knickte. Dann bekam ich Panik. Ich sah einen Felsbrocken, weiter oben, auf dem sicher keine toten Viecher waren. Aber ich rutschte aus und landete mit den Händen im nassen Gras. Ich sprang auf, wischte die Hände an den Hosen ab und schüttelte mich, als hätte ich einen epileptischen Anfall. Es war jetzt gerade umgekehrt als auf der Eiche: dass mir Tränen kamen, ohne dass ich heulte. Und zwar weil die Vorstellung mit den Insekten so hässlich war, dass ich an nichts mehr anderes denken konnte, ausser dass ich sofort zu diesem Fels rennen musste. Und dass ich darum gar keine Zeit hatte zu heulen. Ich kletterte oben auf den Stein, klopfte mir die Kleider aus, während ich wie ein Dreijähriger herumstampfte, bis ich mir sicher sein konnte, dass kein Tier mehr an mir war. Erst dann heulte ich richtig. Und logisch war das wegen den Spinnen. Aber irgendwie war es auch wegen dem Scheissgefühl, das ich in der Küche gehabt hatte. Dass daheim niemand wusste, dass ich nicht daheim, sondern in Clavau war, und in Clavau niemand wusste, dass ich nicht im Zimmer, sondern draussen auf diesem Stein stand. Und es ja auch gar niemand wissen konnte, weil ich niemandem etwas gesagt hatte, ausser euch. Ich dachte, dass ich euch schon wieder würde schreiben müssen, dass ich geheult hatte, weil alles so beschissen war. Und dass ihr darum endgültig denken würdet, dass ich eine Schwester bin.

Dann gab es einen Steinschlag. Ein Kieselstein spickte auf den Fels. Oben auf dem Hügel standen Gian und Ciara, und Gian schmiss etwas, von dem ich hoffte, dass es mich nicht tötete. Ich lachte gestresst vor mich hin und putzte mir die Tränen ab, damit sie nicht merkten, dass ich geheult hatte. Zum Glück regnete es. «Lanzöööööö!» Sie sprangen zu mir runter. «Tschaaaaaaan!», rief ich, auch wenn ich nicht in Stimmung war, für ihn oder überhaupt für nichts anderes, als allein auf dem Stein zu stehen und zu heulen. Natürlich tat ich gleich, wie wenn es mich freuen würde, dass sie kamen, und ich es lustig fände, dass Gian mit einem solchen Speed kam, dass er beim Stein die Notbremse ziehen musste, und so halb auf den Fersen, halb auf dem Arsch an mir vorbeirutschte. Ciara kam noch vor ihm auf den Fels. «Du hast uns gesucht?» Ich schüttelte den Kopf. «Ich bin einfach laufen gegangen. Ich habe ja nicht gewusst, wo ihr seid.» – «Schau, grad da oben wärs gewesen.» Sie zeigte mit dem Daumen auf den Hügel. «Grad da!» – «Und seid ihr fertig mit eurem Zeug?» Sie lachte kurz und zuckte mit den Schultern und wartete, bis Gian von unten auf den Stein kam. «Uela!» Er schnaufte wie die Kuh, als sie die Spritze bekam. «Wir haben dich von weitem gesehen», sagte er und zeigte auf den Weg, von dem ich gekommen war. Man sah sogar den Bahnhof, ganz klein. «Und seid ihr fertig?», fragte ich noch mal, weil ich nicht wollte, dass er als Nächstes fragte, ob ich das eigentlich viel machte, spazieren zu gehen wie ein alter Sack. «Du musst uns helfen», sagte Gian dann. Und als wäre ich schon wieder James Bond, sagte ich: «Ich habe Zeit. Was denn?» Er startete den Töff und furzte den Hang rauf. «Der spinnt ein bisschen», sagte Ciara und winkte mich hinterher.

Auf dem Hügel war es zuerst flach, dann ging es noch einen Hügel rauf, den ich von unten nicht gesehen hatte. Gian zeigte, wo noch überall Maulwurfeingänge waren, die wir kaputtmachen mussten. Ich fragte mich, was sie die ganze Zeit gemacht hatten und fragte: «Was habt ihr eigentlich die ganze Zeit gemacht?» Das konnten sie aber auch nicht genau sagen. Wir mussten dann im Regen von Haufen zu Haufen latschen, sie wegschaufeln und plätten. Ciara und ich nahmen je eine Schaufel. Gian hämmerte die Hügel mit den Füssen weg. Nach zehn Minuten taten mir die Finger weh, weil der Stiel fast eingefroren war, während mein sonstiger Körper vor Hitze fast starb, weil ich wegen dem Regen die Jacke nicht auftun konnte, weil ich sonst pflotschnass geworden wäre. Den anderen war das Wetter und alles schnurz. «Was soll das überhaupt bringen? Kann man die nicht einfach sein lassen?» Das konnte man eben nicht. Weil man das wegen den Maschinen tun MUSSTE. Weil man sonst nicht richtig mähen konnte. «Zweitens vermehren sie sich nicht so schnell, wenn die Eingänge kaputt sind», sagte Gian. «Was, wirklich?» – «Ja, weil sie keine Zeit für Sex haben, wenn sie neue bauen müssen.» Und jetzt war ich mir sicher, dass es ein riesiger Scheiss war, den wir da machen mussten.

Dann fing es an zu hageln. Und Gian sah glaub mein Gesicht: «Wir können froh sein, dass wir keine Fallen aufstellen müssen, Lanze. Das scheisst dann viel mehr an.» Er zertrat einen Hügel, bis nur noch ein Löchlein im Boden war. «Da muss man die Falle reintun. Dann muss man jeden Tag kommen und kontrollieren, ob einer drin ist.» – «Dann muss man ihm den Schwanz abschneiden», sagte Ciara. «Um zu zeigen, dass man ihn nicht wieder freigelassen hat.» Die Hagelkörner wurden langsam so fett, dass auch sie merkten, dass das Wetter scheisse war. Ich hielt die Schaufel über den Kopf, Ciara machte es nach, und es machte Toctoc über uns, wie Popcorn. Bei Gian tönte nichts. Er wurde vom Hagel vermöbelt. Er riss die Jacke über den Kopf und machte einen Buckel. Dann plazierte er die Hände wie ein Sprinter im Gras, hob den Arsch und rannte los. Ciara sah mit dem Stiel an ihrem Kopf aus wie ein behindertes Insekt, als sie ihm nachrannte. «Zu Luis!» Ich hatte keine Ahnung, wer das war, und wo da überhaupt einer hätte wohnen können.

Das Häuschen war fast zuoberst auf dem Hügel, hinter dem eine kleine Felswand anfing. Bis wir da waren, hatte es aufgehört mit Hageln, und es regnete nur noch. Das Haus war ein Maiensäss. Fast alle in Clavau haben so eins. Darum waren wir auch schon tausendmal bei Leuten in so Häuschen zu Besuch. Lange meinte ich, dass die da richtig wohnen würden. Weil die Hütten zwar von aussen aussehen, wie wenn da höchstens ein Alpöhi wohnen würde, innen dann aber Sofas und Beamer und alles installiert ist. Die Hütte von Luis sah aber auch von innen alt aus. In der Mitte war ein Ofen, links hintendran eine kleine Küche, in der anderen Ecke ein Esstisch, eine Eckbank und ein kleiner Stuhl, und neben der Tür zwei Betten. Als ich reinkam, lag Gian schon auf dem Tisch, liess die Beine runterhängen und schaute zur Decke. «Hat es da kein Licht?», fragte ich. «Das ist ein Maiensäss», sagte Ciara, als ob es normal wäre, dass Maiensässe kein Licht hätten. «Die haben doch meistens TV und alles.» – «Das ist aber ein richtiges. Das wird noch gebraucht.» Und ich fragte mich, was das für eine Logik sein sollte. Sie sagte dann, dass es in richtigen Maiensässen nur Gaslampen habe. «Sie ist ein bisschen dumm», sagte Gian. «Luis war einfach zu geizig, eine Solaranlage zu kaufen.» Er zeigte blind herüber zur Küche. «Gaslampen hat es da.» Aber Ciara hatte schon eine in der Hand. Ich hielt ihr das Gras vor die Lampe. «Gian!» Und er so: «Was?» – «Denkst du, der Luis kommt heute noch?» Er hockte sich auf und schaute her. «Kann schon sein ...», er liess sich wieder fallen, «... dass der kommt.» Ich dachte, dass es natürlich SEIN KONNTE, dass der jetzt gerade in seine Hütte kam. «Wohnt der hier oder wie?» – «Nene.» – «Wieso sollte er dann kommen?» Das könne man eben nie wissen, sagte Gian und streckte sich auf dem Tisch. Ich tat das Gras weg und lehnte an den Gasherd, bis Gian sagte: «Witz, Luis ist im Altersheim.» Und darf ich fragen, wer das von euch lustig gefunden hätte? Weil es so die Überraschung war, dass er nicht mehr in die Hütte kam? Gian rollte so mit dem Kopf hin und her und grinste, und Ciara fragte, ob das wirklich stimme, was er gesagt habe. «Jap», sagte Gian und fing an, mit den Beinen herumzuschwingen. Mich nervten seine scheiss Witze. Aber als ich ihm zuschaute, wie er gar nicht mehr aufhören konnte, es lustig zu finden, dass wir geglaubt hatten, dass Luis vielleicht noch kommen würde, obwohl er im Altersheim war, musste ich gleich lachen. Weil ich mit dem grössten Mongo der Welt in einer Alphütte sass, während die anderen in der Schule gerade ihre Blogs vorlesen mussten. «Gian?» – «Jau?» – «Du bist der grösste Mongo, den es gibt. Weisst du das?» Ich machte einen Dreisprung und landete auf seiner Brust, dass ich seinen Kopf zwischen den Knien einklemmen konnte. Er versuchte sich zu befreien, wie ein Gnu, das von einem Löwen zerfetzt wird. Dann flogen wir im Zweierpack auf den Steinboden und schmissen dabei den Stuhl um. «Gian!», rief Ciara, weil Anna und Mike auch immer «Gian!» rufen, wenn etwas passiert. Ich hatte es zum Glück geschafft, oben zu bleiben, und hockte jetzt wie ein afrikanischer Kaiser auf ihm. Leider schaffte er es, die Füsse raufzuschwingen und mir die Stiefel an den Kopf zu schlagen, dass ich runtergehen musste. Ich rannte raus, nahm Anlauf und rutschte den Hang hinab, bis es Stopp machte, weil Gian an meine Füsse gehechtet war und mich festhielt, dass ich mich überschlug. Beim Aufprall bekam ich kurz keine Luft mehr. Dann sprang er so fest auf mich drauf, dass ich nur noch schwarz sah und nichts mehr anderes tun konnte, als ihm den Ellbogen an den Kopf zu schlagen. Er wich aus und riss mich das Feld runter. Dann kämpften wir uns so lange immer weiter abwärts, bis wir dreckig und lachend im Spinnenfeld lagen und so am Arsch waren wie die Läufer, die nach einem von diesen Schlammmarathons ins Ziel kommen, bei denen sich alle fragen, wie behindert man sein muss, sich für so etwas anzumelden.

«Uelaaa!», rief ich, als wir zurück in die Hütte kamen. Ciara war daran, Scheite in den Ofen zu legen. «Passt auf! Gian!» Sie zeigte auf die Fussspuren. Wir schauten uns an und fingen wieder an zu lachen. Er strampelte die Stiefel ab, öffnete den Küchenschrank und hielt eine Büchse Raviolis in die Luft: «Hilfst du mit?» – «Logisch. Ciara, hast du Hunger?» Er hebelte mit einem Sackmesser die Dose auf, ich nahm sie ihm weg und stellte sie direkt auf die Flamme. «Ihr seid so blöd», sagte Ciara. Und ehrlich gesagt, hatte ich das noch nie gemacht. Aber ich kann euch sagen, dass ihr das ab jetzt immer so machen könnt, wenn ihr nicht abwaschen wollt. Das Einzige war, dass die Etikette abbrannte. Und dass die untersten Raviolis anschmürzelten. Viel nerviger war, dass wir nass waren und kalt hatten und der Ofen nicht viel half. Wir hockten darum direkt vor das Törchen auf eine Militärdecke und deckten uns mit einer zweiten zu. Gian nahm mir die ganze Zeit die Raviolis ab der Gabel, und Ciara fragte nach etwa einem Biss, ob ich noch Gras hätte. Und während Gian und ich in der Büchse um jedes Stückchen kämpften, drehte sie einen ultra verkrüppelten Joint.

«Hast du eigentlich eine Freundin?», fragte Gian. «Grad nicht. Du?» Gian liess den Rauch raus. «So halb.» Er gab mir weiter. «Er hat keine.» – «Sicher habe ich eine.» – «Und wen?» – «Flo.» Das könne gar nicht sein, weil ihr Flo gerade noch gesagt habe, dass sie ihn ein Arschloch finde. «Wegen dem ist sie trotzdem meine Freundin.» Aber Ciara glaubte ihm nicht. «Und du? Hast du einen Freund?» – «Auch grad nicht.» Gian schwieg, und darum glaubte ich endgültig, dass er das mit Flo erfunden hatte. Ich gab an Ciara weiter. Gian zog sich die Jacke aus und legte sich hin. Wahrscheinlich hatte es ihn verstrichen. Ciara zeigte auf ihn, kicherte und liess sich neben ihn fallen. Draussen war es dunkel geworden und drinnen wurde es langsam wärmer. Ich fragte mich, was Anna und Mike wohl dachten, wo wir waren. Ciara machte auf dem Handy

Electro an. «Ich kotze bei Techno», sagte Gian. Und um ihn zu nerven, sagte ich extra nichts. «Zwei gegen einen», sagte Ciara und machte lauter. Ich glaube, es war dann lustigerweise die Musik, und weil sie so passte, dass plötzlich alle schwiegen. Ich legte mich neben Ciara und zündete noch einmal den Joint an. Dann ging der Beat weg, und es war nur noch so Buschmusik mit Trommeln und Rasseln und einem Schamanen, der irgendetwas sagte. Ich weiss gar nicht, ob das noch Electro war. Auf jeden Fall war es so halb ungemütlich auf dem Steinboden, im Dunkeln, in dieser Hütte, während es draussen immer noch regnete und der Guru nicht aufhörte zu leiern. Und halb war es, dass ich mir wünschte, dass der Moment nie mehr vorbeigehen würde. Weil wir da lagen, und Gian schlief, und Ciara und ich den Joint hin und her gaben, und hinter uns das Feuer knisterte, und keiner nervte.

Ich erwachte, weil ich fast erfror. Die anderen schliefen noch, und der Electro war noch an. Ich merkte, dass ich einen riesen Scheiss geträumt hatte. Ich hockte mich auf, zog die Jacke an, stellte die Musik ab und legte mich wieder hin. Dann dachte ich, dass es assi war, die anderen nicht zu wecken, wenn ich ja sogar mit Jacke zitterte. Ich tippte Ciara an den Arm, und sie sagte sofort, dass sie kalt habe. «Ich auch», sagte ich, und dachte gleichzeitig, dass ich eher eine Idee haben sollte, wie ich ihr helfen konnte, als «ich auch» zu sagen. Weil sie ja jünger war und so. Und das brachte dann etwas. Weil mir sonst glaub nie in den

Sinn gekommen wäre, dass es ja Betten hatte. «Wir müssen zügeln», flüsterte ich. «Ja», flüsterte sie und rief hundertmal «Gian!» und rüttelte an ihm, bis er sich bewegte.

Die Bettdecken waren fast eingefroren, dass wir uns zu dritt auf ein Bett zwängten, und so unter der Decke immer noch doppelt so fest zitterten wie vorher am Boden. Ich lag an der Wand und Gian im Spalt zwischen den Matratzen, Ciara schlotterte wie ein Hündchen zwischen uns. Gian streckte den Arm über sie aus, dass er bis zu mir kam und uns alle wie eine Cremeschnitte zusammendrücken konnte. Ich glaube, er machte das im Schlaf, weil er gar nicht lachte. Er sagte die ganze Zeit kein einziges Wort. Ich stopfte die Decke auf der Seite hinein, dass keine kalte Luft reinkam, und wir zitterten dann vor uns her, bis es endlich warm und irgendwann so schwitzig wurde, dass Ciara sagte, er solle den Arm wieder wegnehmen, weil sie sonst noch ersticke. Er machte aber keinen Wank.

Am Morgen war wieder ich es, der als Erstes aufwachte. Und es war jetzt schon zum dritten Mal, dass ein Ort plötzlich verwandelt war. Wie das Zimmer zu Hause oder der Platz vor dem Stall. Auf der Bettdecke hatte es einen viereckigen Sonnenfleck, und die Luft war kühl, aber sah gleich irgendwie aus wie im Sommer, weil die Sonne auf dem Holz so das warme Licht gab. Wenn ich rüberschaute, sah ich Ciaras Gesicht und ihre geschlossenen Augen. Leise schlüpfte ich aus der Decke, stieg über das Bett und ging raus vor die

Hütte. Es war so hell, dass ich nur ein Auge offen haben konnte, und am Himmel hatte es fast keine Wolken mehr. Wenn die Wiese nicht noch nass geglänzt hätte, hätte ich nicht mehr daran gedacht, dass es am Abend noch so hässlich gewesen war. Ich ging barfuss durch das quietschende Gras zum Bächlein, das vor dem Häuschen durchfloss, und lehnte mich runter, dass ich trinken konnte. Ich erinnerte mich, wie mir der Bach weiter unten mal das Leben gerettet hatte, als wir ausnahmsweise mal im Flachen am Heuen gewesen waren. Ich war noch viel zu klein, um selber zu rechen, und kroch glaub den ganzen Tag nur herum und spielte und stritt mit Ciara und Gian oder so. Auf jeden Fall starb ich irgendwann fast, weil ich so den Sonnenstich bekam, und mich Mam hundert Jahre lang ignorierte, weil sie dachte, dass ich nur den Anschiss hatte, was logisch auch stimmte. Aber ich hörte halt so lange nicht mehr auf zu nerven, bis sie den Rechen hinschmiss und zu mir kam. Ich hatte Angst, dass sie mich zusammenschiss, weil sie natürlich wusste, dass ich nicht in Lebensgefahr war, sondern eigentlich nur nach Hause wollte. Darum heulte ich dann noch fester. Sie nahm mich zu sich rauf und sagte, sie habe eine Überraschung für mich. Und das half. Sie trug mich zum Bächlein, ging in die Knie und zeigte auf zwei Glasflaschen, die im Wasser glänzten wie ein Schatz. Ich fragte mich, ob sie zaubern konnte, weil die da einfach plötzlich lagen, und als Mam mir beim Trinken half, war ich mir sicher, dass sie gezaubert hatte, weil es der mit Abstand feinste Früchtetee war, den ich je gehabt hatte. Er war so kalt, dass jeder Schluck wie ein Blitz in mein Hirn einschlug. Und als ich so mit beiden Händen an der Flasche trank und gar nicht mehr aufhörte, als ob ich wirklich am Verdursten gewesen wäre, musste sie lachen.

Jetzt lagen nur Steine da. Dafür bewegte sich das Wasser, als würden Fische drin schwimmen. Ich schaute, ob ich Empfang hatte. Ich hatte zwei Striche. Andi hatte geschrieben, dass wir uns um sieben in der Bar treffen sollten, um an die Party zu gehen. Mam hatte sich immer noch nicht gemeldet. Bis jetzt hatte ich ja darauf gewartet, bis sie endlich schrieb, und ehrlich gesagt hatte ich mich erst zurückmelden wollen, wenn sie schon fast gestorben wäre vor Angst. Aber jetzt fand ich, dass ich ihr ja auch einfach sagen konnte, wo ich war. Und dass es behindert war, darauf zu warten, dass sie sich noch länger nicht meldete. Ich hockte in die Wiese und schrieb ihr, dass ich am Mittwoch nach Clavau abgehauen sei. Und dass ich jetzt bei Anna und Gian und Ciara wohnte, und sie sich glaub darüber freuten. Und dass ich Ciara und Gian gestern geholfen hätte, Maulwurfshügel zu plätten, es dann aber zu hageln angefangen habe und wir darum bei Luis in der Hütte hätten übernachten müssen. «Und so halb dachte ich es eigentlich schon in der Nacht», schrieb ich. «Aber jetzt bin ich mir sicher, dass ich in den Ferien da bleiben will.» Ich schrieb das, ohne zu fragen, ob ich überhaupt durfte. Und jetzt glaubte sie sicher, dass ich abgehauen war und da bleiben wollte, weil ich sie hasste. «Ich habe dich schon gerne, nicht dass du noch denkst», schrieb ich darum noch. Und dass ich ihr das schon lange nicht mehr gesagt hatte, war glaub der Grund, warum meine Finger so zitterten, als ich es abschickte. Dass dann aber mein Herz so zu hämmern anfing, war, weil sie zehn Sekunden später anrief.

Gian war am Kochen, als ich in die Hütte kam. Er drehte sich um und grüsste wie im Militär. Ciara war noch im Bett. «CIAARAA!» Sie riss sich die Decke über den Kopf. «RAVIOOOLIIIS! Lanze, auch Hunger?» Ich hatte überhaupt keine Lust auf Raviolis. Aber Raviolis an der Sonne waren gleich hundertmal besser als jedes Morgenessen, bevor ich zu Gilgen musste. Darum hockten Gian und ich dann vor der Tür auf dem kalten Steinboden, und die Büchse war so heiss, dass wir sie mit den Ärmeln halten und so hin und her geben mussten. «Lanzelot?» Ciara streckte den Kopf raus und hielt die Hand vor die Sonne. «Darf ich einen drehen?» – «Die spinnt!», sagte Gian. Aber natürlich durfte sie. Und logisch wollte er mitrauchen. Und klar hockten wir dann ultra high vor der Hütte. Wir redeten nur noch Scheiss, während Gian einen Schwanz in die Holzwand ritzte. Da stand schon alles Mögliche. Ich entdeckte ein «Ciara + Nazi = Herz» und las es lachend vor. «Ciara liebt Nazis», sagte Gian. «Nicht gewusst?» – «Haa-haa. Der Nazi heisst so. Und Ciara ist eine andere.» Aber ich kam nicht draus. «Man sagt dem Ignaz Nazi», erklärte Gian, währenddem er LANZELOT in den Schwanz schrieb: «Der ist etwa achtzig.» – «Sicher nicht! Der ist so alt wie Tat.» – «Tat ist achtzig, du Dummheitskönigin.» Dann machte sie so Stirnfalten, dass sie mir halb leidtat, ich halb lachen musste.

Aufgeräumt hatten wir schnell. Und wegen dem Wetter und weil wir eh Zeit hatten, war das Schaufeln viel lockerer als am vorderen Tag. Auf dem Heimweg bog Gian kurz nach dem Betonklotz ab und rannte über die Wiese zum Gleis. «ÄKTSCHÖÖÖN! Kommt!» Er winkte uns zu sich und fing an, von diesen Gleissteinen auf eine Schiene zu legen. Währenddem wir zu ihm gingen, rief Ciara, dass er aufhören solle. «Fangt auf der anderen Seite an», antwortete Gian. Dann begann ich, einen Stein hinter den anderen auf die zweite Schiene zu legen. «Aber nicht zu viele», sagte Ciara und half auf meiner Seite mit. Das hatte ich schon lange nicht mehr gemacht. Eine Zeitlang machten wir das viel. Wir versteckten uns dann hinter dem Felsbrocken unter dem Haus, auf dem ein kleiner Baum wuchs, und warteten, bis der Zug kam. Das Lustige war, dass die Chauffeure die Steine nicht ein einziges Mal sahen, weil sie wahrscheinlich nur schauten, ob Kühe oder so auf den Gleisen herumstanden. Sie krachten dann drüber, dass es eine Staubwolke gab, und wir lachten und hatten gleichzeitig Angst vor einem Zusammenschiss, weil die Eltern den Lärm natürlich gehört hatten. Vor allem hofften wir aber, dass nicht der Nachbar der Chauffeur gewesen war, weil der am Abend extra auf einen Kaffee vorbeikommen würde, um uns anzuschreien. Das habe ich zum Glück aber nie erlebt.

Jedes Mal, wenn ich einen Stein auf die Schiene legte, machte es Tack. Von Ciara: Tack. Von Gian: Tack. Und mir: Tack. Und während ich so Steine aufreihte, bekam ich plötzlich ultra die Euphorieattacke. Weil ich daran dachte, dass ich die anderen beim Schaufeln gefragt hatte, was sie so machten, in den Ferien, Tack, und sie sofort zurückfragten, ob ich denn dableiben würde. Und Gian sagte, dass ich nur bleiben dürfe, wenn ich bei ihm im Zimmer schliefe, Tack, was ich ja hundertmal lieber wollte, als alleine bei Tatta zu schlafen. Und weil Ciara sagte, dass sie sofort Simona schreibe, dass ich dabliebe. Tack. Kein Witz. Tack. Und ich zuerst nein schrie. Dann aber sagte, dass es schon gut sei. Tack. Und wegen Mam. Auch wenn wir Streit bekommen hatten, als sie mich am Bächlein angerufen hatte. Weil sie zuerst fast heulte am Telefon, Tack, weil es ihr so leidtat, dass sie nicht gemerkt hatte, dass ich weg war. Tack. Und sie so fragte, ob es mir gutgehe und sich entschuldigte für alles. Und ich zuerst sagte, dass sie ja nichts dafür könne, ich dann aber trotzdem, Tack, so, Tack, aggro wurde, plötzlich, und sie so zusammenschiss, dass sie kurz gar nichts mehr antwortete. Und sie dafür dann sagte, dass sie mich an Ostern besuchen komme, für ein paar Tage. Und mich das ultra freute. «Lanze?» Ciara und Gian schauten mir nur noch dumm zu. Die Steinschlange auf Gians Seite war vielleicht zwei, unsere vielleicht vier Meter lang. «Ich glaube, das langt», sagte Gian. «Meinst du?» Tack. «Du zahlst, wenn etwas kaputtgeht.» – «Klar», Tack, «nicht», sagte ich. «Da geht schon nichts kaputt.» – «Du bist schuld!» Dann legte er noch ein paar drauf. «Ihr seid so blöd», sagte Ciara und kicherte. Dann hörten wir das Zugpfeifen, und das Gleis fing an zu tönen, wie ein Weinglas, auf dem man mit dem Finger Runden dreht. «Jetzt!», rief Ciara. «Komm, Lanze!» – «Nur noch ein paar», sagte ich. «Bist du dumm? Der sieht uns ja.» Gian kickte ein paar Steine runter und zog mich am Arm. Es war kein Felsbrocken in der Nähe, wo wir uns verstecken konnten. Ich winkte dem Chauffeur mit der freien Hand. «Lanze!» Gian drehte das Gesicht weg, Ciara riss mir am Pulli und ging auf den Boden. Gian auch. «Runter!» Sie rüttelten an meinen Beinen, der Zug kam, und ich grüsste den Fahrer wie einen Kolleg. Er hob die Hand und nickte. Die Gleise quietschten, dann liess ich mich zwischen Gian und Ciara ins Gras fallen, drückte die Augen zu, dann krachte und donnerte und rumpelte es wie bei einer Sprengung. Ministeine und Sand und Splitter spickten herum. Es dröhnte wie früher, im Zug nach Clavau, wenn ich den Kopf aus dem Fenster hielt und vom kalten Wind fast nichts mehr hören, sondern nur noch lachen konnte. Irgendwann rauschte der Zug weg und alles wurde plötzlich so leise, wie als ich mit kaltem Gesicht reinkam,

Babs das Fenster zumachte und ich mich unter Mams Wollpulli versteckte. Ich spürte nur so das Gras im Gesicht kitzeln und Ciara und Gian neben mir schnaufen. Alles andere war mir gleich.

DANN KANN ER MICH FÜR IMMER AM ARSCH

Selber schuld, dass ich die ganze Fahrt bis nach Chur nur die Felsen und die Bäumchen anschaute, die am Fluss stehen und ihre Äste ins Wasser hängen lassen wie Rehe, die gerade am Trinken sind. Aber jetzt bin ich halt schon im Zug für nach Hause. Und darum nur noch kurz: Ich ging dann mit Mam noch einmal zur Hütte von Luis, weil sie sagte, dass sie auch einmal da gewesen sei und mir UNBEDINGT etwas zeigen müsse. Ich war halb enttäuscht, halb konnte ich fast nicht mehr vor Lachen, weil über den Betten ganz klein «Silvia» stand, das Babs vor hundert Jahren da eingeritzt hatte, und das etwa so schlecht war wie das «Hip-Hop» vor seinem Block. Und dass auch er wusste, wo ich Ferien machte, schickte ich ihm ein Foto von seinem Kunstwerk nach Ronco, wo er vielleicht gerade mit Carolina am Pedalofahren war. An Ostern bekamen Mam und ich dann noch einmal kurz Streit. Weil es mich anschiss, dass sie mir kein Osternestchen gemacht hatte, wenn sie schon extra raufgekommen war, und sie meinte, dass ich ihr das doch einfach hätte sagen sollen, was ja dann aber keine Überraschung mehr gewesen wäre. Aber egal. Nach ihrer Heimreise bekam Tat dann einen Herzinfarkt. Also nicht wegen ihr, und eigentlich war es auch kein Herzinfarkt, sondern ein Herzstillstand, wegen dem sie ihm in der Stube Elektroschocks geben mussten. Aber er überlebte dann. Nur mussten sie ihn vom Spital direkt ins Altersheim zügeln. Gian zügelte dafür Tats Fernsehsessel in unser Zimmer und liess ihn jeden Morgen so lange rauf und wieder runter, bis ich aufwachte und ihn zusammenschiss. Und ehrlich gesagt, habe ich darum auch nichts dagegen, heute wieder einmal alleine zu schlafen. Aber nicht, dass ihr jetzt denkt, dass es nicht lustig war mit Ciara und Gian und Simona. Es war das Geilste.

Den Anschiss habe ich halt einfach wegen morgen. Weil ich Gilgi ja nicht erst jetzt sagen kann, dass ich Magen-Darm hatte und wegen dem nicht mehr ins Projekt kam. Weil er das eh nicht glaubt. Darum fängt es morgen sicher wieder gut an. Aber ich habe mir halt überlegt, dass ich in diesem Jahr nur noch 120 und in der Neunten nur noch 434 Lektionen mit ihm habe. Und dass er mich dann für immer am Arsch kann. Also merci und sorry für alles, aber ich bin jetzt da. Andi wartet am Bahnhof auf mich.

FRÉDÉRIC ZWICKER

HIER KÖNNEN SIE IM KREIS GEHEN

Roman. 160 Seiten, gebunden

ISBN 078-3-312-00999-2

Mit 91 Jahren kommt der demente Johannes Kehr ins Pflegeheim. Nur: seine Demenz ist vorgetäuscht. Er will im Pflegeheim das Leben planen, das ihm nach dem Tod seiner Frau noch bleibt. Seine vorgetäuschte Demenz nutzt er, Gehhilfen unliebsamer Nachbarn zu verstecken und sich seine Freiheiten herauszunehmen. Bald aber wird seine Schauspielerei anspruchsvoller; je vertrauter ihm das Heim wird, desto größer ist die Gefahr einer Enttarnung. Als zufällig seine Jugendliebe Annemarie auftaucht, flackert die alte Zuneigung erneut auf.

«Ein fulminantes Romandebüt … Den 32-jährigen Frédéric Zwicker muss man sich merken. Eine neue bemerkenswerte Stimme der Schweizer Literatur.» *Nora Zukker, SRF 3*

«So bleibt nur, das Erstaunliche zur Kenntnis zu nehmen: Ein junger Schriftsteller widmet seinen ersten Roman einem Ausschnitt der Wirklichkeit, der sonst selten beachtet wird. Und er tut es nicht nur mit Schärfe, sondern mit unübersehbarer Empathie.» *Carolin Courts, WDR*

Nagel & Kimche

NICOLAIA RIPS

ALLES AUSSER GEWÖHNLICH

AUFWACHSEN IM CHELSEA HOTEL

Aus dem Englischen von Kathrin Razum

224 Seiten, gebunden
ISBN 978-3-312-01018-9

Weil ihre weltfremden Künstler-Eltern 2005 ins legendäre New Yorker Chelsea Hotel ziehen, wächst Nicolaia Rips auf inmitten von Bohemiens, Callgirls und Spinnern. In der Lobby wird ein Mord geplant. Ein Fotograf stirbt an Schönheit. Zwischen den Zimmern wird Schmuggel betrieben. Nicolaia wird zum Maskottchen, überall dabei und Everybody's Darling. In der Schule wird sie dafür geschnitten: Außenseiter unbeliebt. Doch im Chelsea hat Nicolaia gelernt, dass die Welt größer ist als das Klassenzimmer.
Das Debüt der 17-jährigen Nicolaia ist ein Abgesang auf die Demimonde des Chelsea – und die mitreißende, anrührende und sehr witzige Geschichte einer außergewöhnlichen Kindheit.

«Als ehemaliger Bewohner des Chelsea Hotels ließ ich mich nur mit Widerwillen auf dieses Buch ein. Was könnte eine 17-jährige über dieses letzte dionysische Schloss in New York City zu sagen haben? Meine Skepsis endete mit dem Prolog. Nicolaia Rips schreibt mit Witz, Disziplin und Anmut – ihre Stimme ist echt. Mit diesem Buch kündigt sie sich selbst als eine treibende Kraft der nächsten Generation von Künstlern an.» *Ethan Hawke*

Nagel & Kimche